竹園詩文集

目錄

壹、情志閒詠集

貳、琴瑟合鳴集

參、學佛修道集

肆、金沙玉屑集

自序

個人自幼，愛好文學。駐外多年，環境特殊，如處國學文化沙漠。退休踏入，詩詞園地，夕陽無限好，何妨是黃昏。

民國九十五年起，自行摸索古典詩之創作。多承三千教育中心姚啓甲理事長賢伉儷，提供一流教授，寶貴學習機會，獲益良多。期間，參與天籟雅集，得詩友之切磋琢磨；復有台大法律系同窗之鼓舞激盪，雅興日高，吟懷日暢，詩文積稿漸多。倘不整理，一旦散逸，殊為可惜。邇來武漢肺炎疫情，擴散全球，各種活動，暫告停止，爰裒輯舊作，顏以〈竹園詩文集〉。藉以佐證輿情，兼作追懷啓迪之資。

詩文集分四類：壹、情志閒詠集；貳、琴瑟和鳴集；參、學佛修道集；肆、金沙玉屑集。編次按年月日排列，是為序。

二〇二〇年歲次庚子五月吉日　**林瑞龍**　謹序

壹、情志閒詠集

成功嶺驪歌〈2010/11/10 補錄於竹園〉

成功嶺大專暑期集訓告終，應連長之徵，以魂斷藍橋曲調，填寫歌詞，供惜別會之用。

風萍無期，成功嶺上，中華精英相聚。
晝間出操，夜裡擦槍，轉眼八週已去。
灞橋折柳，長亭十里，愈覺難捨難離。
青山綠水，永盟不渝，傾杯高歌相憶。

畢業留言〈2010/11/10 補錄於竹園〉

苦海無邊，頃幸登彼岸。
學海無涯，今當棹他舟。

甲申總統選舉〈2004 於竹園〉

甲申大選戲登場，四大天王粉墨妝。
宋氏再輸空飲恨，連翁復敗更懷傷。
陳公造勢衝都市，李老揮戈捍故鄉。（註一）
大位從來非力取，蒼天示意不尋常。（註二）

註一：號召百萬人牽手護臺灣。
註二：三一九槍擊案。

乙酉竹師同學會鱗爪，並賦詩二首〈2005/02/25 於竹園〉

因緣聚合，新春盛會。去年二月底離開亞特蘭大駐地，允諾鄭教婉同學，回國後為四班同窗會催生。幸賴張永江、李明圃及新竹諸同學策劃奔勞，終於新春初四海內外同窗含眷屬近百人，驪歌奏後四十五年，首度聚集於三民國中大禮堂。

久別重逢，猶疑夢中。往事悠悠，依稀可辨，當年客雅溪中追逐游魚，青草湖上戲弄扁舟，良辰美景，彷彿在目。校方嚴禁男女交往，同窗三載形同陌路；不論風雨或霜凍，早晚點名記憶新。青山未改，綠水長流。少壯幾時，鬢髮已蒼，道左相逢，不識同窗。此次歡聚，陳標般老師，載酒趕來，最富盛情。晚宴後金悅飯店大廳裡，續開話匣，興致益高，或敘舊誼，或話滄桑，無奈店東頻催打烊，始各歸房。

參訪行程，極費精心。首日，母校巡禮，印證成長，四班留影，可待追憶。盤登李澤藩紀念館，固可緬仰老師遺德偉業，館內珍藏風城勝景，口琴橋、青草湖諸副水彩，尤令人懷念。次日，走訪北埔、遊峨眉湖，文史鼎盛、橋柳迷人，深感此行不虛。

途中作別，不勝依依。劉杏枝、葉秀英兩同學及內人與我，未折回新竹，搭彭憲雄同學座車，逕由北埔返台北。道旁山櫻數株，花開七分，迎風搖曳，狀若微笑，深情款款，揮手招呼，邀人再來，不禁莞爾。

乙酉竹師同學會〈2005/02/25於竹園〉

相逢似夢渺悠悠，憶唱驪歌卅五秋。
早晚風霜曾點到，女男螢雪未情投。
陳師載酒懷清趣，李館遺徽緬偉猷。
北埔山櫻如有意，臨風款款勸重遊。

其二

甲申亞城返國前，辭別教婉萬里天。
允諾催生同窗會，幸賴明圃挑雙肩。
因緣匯合渠水到，三民百人聚新年。
四十五載驪歌休，似夢相逢往事悠。
客雅溪中逐錦鯉，青草湖上泛輕舟。
早晚風霜曾點到，女男螢雪未情投。
青山未改流水綠，少壯幾時鬢霜秋。

道左相逢不相識，互看名牌憶吾儔。
母校巡禮成長跡，四班留影可追惜。
登訪李老紀念館，鑑賞丹青緬教澤。
晚宴一開沸聲盈，飛觴傾杯湧瓊液。
標公學長兼友師，載酒趕來歡終夕。
金悅大廳話匣開，慨談滄桑舊懷釋。
北埔地靈文史昌，古蹟一級天水堂。
峨眉瀲灩映橋曲，翠柳垂堤飄清芳。
同儕賦歸風城去，途中作別黯神傷。
有緣他年終聚首，默禱同學壽而康。

竹園郊居〈2005/05/22 於竹園〉

竹園幽靜傍文山，青綠郊居俗慮刪。
背倚仙蹤巖似抱，面朝景美水如環。
世新廣電聞遐邇，政大黌宮遠闤闠。
情寄煙霞歌詠志，逍遙雲鶴歲悠閒。

河洛漢詩班　黃冠人老師〈2005/08/08 於竹園〉

屢懷河洛漢詩班，如沐春風百日間。
儒雅雍容常仰止，啓蒙吟唱德如山。

壽恩師　陳祖舜先生八秩晉四令誕〈2005 吉日於竹園〉

八旬晉四壽而康，國寶人間一代光。
黌港儒林名夙著，騷壇祭酒譽宏揚。
傳薪孔廟培豪俊，講學文山育棟樑。
天錫遐齡應有意，扶持詩教永留芳。

真假詩人〈2005/08/06 於竹園〉

詩人眞或假，火候可徵詮。莫爲成名速，而求鍍色妍。
精金須百鍊，寶鑽待千研。琢玉心瑩透，深耕活水田。

乙酉臺大法律系同窗會有感〈2006/02/16 於竹園〉

昔時囊映在黌宮，六法藏修四載同。
今日攜孫談往事，悠悠歲月幾流東。

退休感賦〈2006/03/16 於竹園〉

宿願爲學者，浮宦心難安。兩度留學去，無門躋杏壇。
投鞭從仕途，一誤三十載。風波實飽經，中夜幾追悔。
倦鳥久思返，斂翮終歸來。學圃雖已蕪，青苗猶可栽。
林泉滌靈明，經籍開智慧。臨帖磨鈍心，賦詩以自勵。
俯仰天地闊，情寄煙霞間。朝朝友鷗鷺，雲水俱悠閒。

退休感賦〈2006/03/21 於竹園〉

本欲成均執教鞭，終浮宦海卅餘年。
風波飽涉雄心淡，歲月淹留退意堅。
經籍藏修開睿智，山林遊息浴靈泉。
愛磨鐵硯耽詩賦，雲鶴逍遙別有天。

清明〈2006/04/10 於竹園〉

荒郊祭掃感無邊，緬想親勞祖德綿。
觸目榛荊侵墓側，含悲風木淚漣漣。

清明思親〈2006/04/20 於竹園〉

每屆清明節，思親感無邊。五歲即失怙，家道遽變遷。
十二喪慈母，雛孤有誰憐。淒風復苦雨，護柩哭墓前。
歸來守靈位，連夜見母至。局促無所安，趨呼即隱避。

夢境空歡喜，醒來又悲悸。終日茫茫然，祇有臉洗淚。
駐院病篤時，母曾告醫師。兩子尚年幼，一去三人萎。
臥側聞此語，心痛如刀錐。不令語成讖，誓言慎自持。
此情猶歷歷，反得履險夷。妻室日人故，不諳家祭務。
海外長寄身，神位我兄顧。某次母忌辰，拜罷聽兄訴。
渠於多年前，失業無定住。曾揹神主牌，餐風復宿露。
日暮嘆身世，公媽橋下付。迄至成家後，神位再安具。
並檢雙親骨，合葬市公墓。憶及乙亥年，述職逢春天。
順道回祭掃，陰雨正綿綿。觸目榛荊蔓，塚荒雜草湮。
頓然悲風樹，不禁淚漣漣。移厝計議熟，覓得北海福。
塔座三芝山，清幽愜心目。擇期納骨灰，誦經迎靈肅。
並供祖宗位，好敦天倫睦。今歲人車忙，祭拜何遑遑。
應景徒形式，鬱鬱毒我腸。當待祀潮退，重上春暉堂。
從容溫孺慕，緬懷祖德長。

浮生記趣〈2006/04/21 於竹園〉

四時攜眷踏青山，情寄煙霞俗慮刪。
品茗吟詩磨鐵硯，乘桴學海歲悠閒。

臺灣瀛社詩學會成立〈2006/04 吉日於竹園，課題詩〉

花朝欣創設，立案值春天。瀛社根源遠，唐風韻律延。
儒林開沃野，文化播良田。墨客齊聲頌，詩魂薪火傳。

新聲〈擊鉢詩〉

花朝創社值良辰，立案重生慶暮春。
管領風騷垂百載，金聲玉振日清新。

懷竹師鄭教婉同學賢伉儷〈2006/06/16 於竹園〉

壬午之秋予由韓國漢城轉駐亞特蘭大，因緣俱足，竹師畢業四十二年後，首度與丁班鄭教婉等女同學晤面。憶昔在校男女來往屬於令禁，三載同窗竟未交談一語。是日敞開話匣，暢談往事，誼同兄妹，感慨係之。五月間教婉夫婦返台，曾得小聚，感念舊誼，爰作此詩，聊抒所懷。

驪歌唱後卌餘秋，似夢相逢北美洲。
囊映三年猶陌路，晤談一夕變朋儔。
名醫為婿仁心洽，巧婦持家德行優。
駐地慇懃情誼切，神馳萬里憶同遊。

詩卷永留天地間〈2006/05/16 於竹園〉

詠杜甫

少陵稟氣礴河山，詩卷永留天地間。
志欲風淳行聖道，身遭世亂犯龍顏。
萬民哀樂衷腸繫，一國興衰秉性關。
縱筆至情遺鉅製，斯文大振澤人寰。

雪山隧道通車〈2006/06/16 於竹園〉

雪隧深長嘆鬼工，五丁卓絕建奇功。
幾多英骨青山葬，始得東西縮地通。

所思〈2006/08/05 於竹園〉

近年朝野黨營私，社稷飄搖實可悲。
蠻觸相爭蝸裂角，綠藍對決國分肢。
眈眈大陸流涎伺，岌岌三臺束手羈？
鷸蚌僵持漁父笑，同舟吳越事堪師。

倒扁前夕〈2006/09/08 於竹園〉

今夜灰雲鬱蔽空，幻如魍魎舞魔宮。
一場夢魘能多久，佇待清輝復出東。

林泉逸趣〈2006/09/16 於竹園〉

迎曦仙跡上，步夕景溪邊(註)。松鼠嘲人戲，沙鷗伴月眠。
臨風吟古調，遇雨聽流泉。幾似林棲者，朝朝臥翠煙。

註：寄寓背倚仙跡巖，面朝景美溪。

望海〈2006/10/22 於竹園〉

秋日臨滄海，馳思世事遷。之罘秦古蹟，碣石魏遺篇。
狂浪猶奔馬，梟雄化碎煙。波濤空幻變，幾度易桑田。

越旅遊雜詠〈2006/10/25 於竹園〉

2006 年 10 月偕內人參加臺大法律系同學會，旅遊南越五天，得詩數首。

胡志明機場入境

興致高昂抵越南，軍人驗問再而三。
人人委屈猶嫌犯，憤怒何如一笑堪。

胡志明市

昔稱西貢久聞名，老舊市容遊客驚。
嘈雜窄街如泣訴，長年戰亂誤前程。

百年紅教堂

教堂矗立市中央，法國當年意氣揚。
重鎮奠邊兵敗後〈註〉，紅磚依舊映斜陽。

註：1954 年奠邊府戰役為法越間最後一戰，法軍戰敗投降，簽訂日內瓦協定，結束在越南之統治。

戰爭遺跡博物館

越戰告終三十年，斑斑血跡現君前。
強權政客殘棋散，破碎家園孰可憐。

古芝地道

叢林地道覺陰寒，交織渾如蜘網般。
陷阱偽裝刀劍伏，機關誤觸首身殘。
美軍殲處冤魂聚，越共匿來磐石安。
不義之師終不克，空流碧血使人嘆。

胡志明獄中日記讀後〈2006/10/25 於竹園〉

間諜嫌疑犯，嘉賓作楚囚〈註〉。吟詩消永日，矢志策良謀。
欲濟黔黎困，兼紓社稷憂。越南終獨立，青史令名留。

註：一九四二年八月十三日胡氏赴中國擬與越南抗日革命力量聯繫，於廣西省靖西縣被捕，迄一九四三年九月十日柳州獲釋，十三個月間輾轉十八處監獄，受盡折磨，寫下一百多首漢詩以明志，後以〈獄中日記〉發表。一九四五年胡氏領導八月革命，建立越南民主共和國，被尊稱為國父。

新蘭亭感懷〈2006/11/16 修正於竹園〉

新蘭亭座落於士林官邸，一九五〇年上巳全國詩人曾觴詠立碑記盛。今成婚紗攝影景點；憂患意識，鼓舞中興碑文，有誰顧及。

蘭亭藝圃傍陽明，繞室幽香草木榮。
玉蕊依依迷蝶影，新人脈脈誓鴛盟。
流觴曲水空追憶，雅集佳篇偶續賡。
斑剝苔碑何落寞，任他風雨任他晴。

坐骨神經痛〈2006/11/22 於竹園〉

長期尻脊痛，筆墨所難宣。春夏猶堪忍，秋冬最可憐。
原人腰直立，後裔腳熬煎〔註〕。宿疾成知己，頤神樂永年。

註：人類演化，背脊直立，奠立主宰生物地位；惟長期豎腰，坐骨病變，壓迫神經，殃及腿腳，始料未及。

戲詠臺北交通〈2006/12/12 於竹園〉

臺北交通若戰爭，出門步步自爲營。
飛奔的士衝冠怒，飈竄機車怵目驚。
斑線從來無重視，行人衹得作悲鳴。
何時恐懼能除盡，免卻觀音塵僕征〔註〕。

註：觀音菩薩儼然已成交通安全保護神，計程車及各型車輛大多安置觀音神像，乞求平安。

冬日即事〈2006/12/28於竹園〉

連日淒寒昨轉溫，簷前凍雀噪朝暾。
負暄意共山林寂，拄杖心分國事煩。
總統愈形成跛腳（註一），政權更見失屏藩（註二）。
綠藍惡鬥猶霜雪，何罪蒼生受苦冤。

註一：在野黨杯葛愈烈，政策難以推動；國共合作日益加深，兩岸關係無法掌控。
註二：綠營內部雜音出現，美國不滿公開表明。

春訊〈2007/02/25於竹園〉

大地春回暖，欣呈萬象妍。微風梅播馥，細雨柳含煙。
恰恰黃鶯囀，翩翩白蝶旋。蓬瀛凝淑氣，預兆太平年。

鵑城覽勝〈2007/3/18 於竹園〉

杜鵑爛漫逸香飄，首府如圖景色饒。
淡水蜿蜒穿市鎮，屯山蒼翠插雲霄。
金融大廈晨曦豔，景福荒城夕照嬌。
經建設施基礎立，人文充實看今朝。

擊鉢詩〈2007/3/24 於竹園〉

擊鉢詩猶小腳纏，年深積習固難遷。
縱思鬆放金蓮足，恐已無由復自然。

民聲〈2007/4/1 於竹園〉

天聽天視自黔黎，此日民聲入筆題。
風雨五更猶晦暗，敢期本社作鳴雞。

內子歸寧〈2007 吉日於竹園〉

內子歸寧日，幽人落拓時。三餐無定食，一品有餘滋。
雅興賒風月，豪情託酒詩。暫飄天地外，不辨欲何之。

讀書樂〈2007 吉日於竹園〉

昔年螢雪在黌宮，汲汲青雲蠹冊蟲。
白髮悠然月明下，閒窗披卷樂無窮。

「妙趣凝香」花藝展—觀感並作品探索〈2007/04/04 於竹園〉

花藝渾然造化工，如詩似畫意相通。
蘊涵妙趣堪回味，神態幽香入夢中。

和氣長青

玉立盆花插，題材配造型。蒼松鄰百合，和氣自長青。

註：係導覽劉美娟女史之大作。百合凝香喻和氣；松柏長青寓高壽。

凡塵與隱居

左右盆鄰畫不如，形猶退避對誇噓。
鮮紅大理凡塵喻，葉蔽幽蘭寓隱居。

註：左右相鄰兩盆花，對照而觀，相映成趣。

針灸〈2007/05/08 於竹園〉

奇經八脈任縱橫，歷歷如圖指掌明。
信手拈來猶落子，春風談笑可回生。

其二

實習醫生偶代行，聞風念佛護心旌。
但憂穴位毫釐失，暗皺眉頭敢出聲。

圓山懷古〈2007/06/06 於竹園〉

題解：「圓山貝塚」最早可追溯至四、五千年前，可謂為大台北文明之淵源。春去秋來，花開花落，圓山默鑑，人事盛衰，朝代興亡。念及宇宙無窮，個人有限，又有何爭。

圓山貝塚啓文明，凱達先民久狩耕。
太古巢空遺舊德，劍潭寺僻訴冤情。
花開花落荒碑識，朝滅朝興正史評。
宇宙悠悠人百歲，石光蝸角又何爭。

註一：圓山貝塚，「圓山遺址」位於中山北路三段，出土「貝塚」與「繩紋陶」，其所代表之史前文化，即「圓山文化」，最早可追溯至四、五千年前，證實台灣在新石器時代已有人類活動。1988年經內政部評定為一級古蹟。

註二：凱達句，圓山文化〈距今2000至4500年〉後，凱達格蘭族先民已於圓山、士林、北投及台北一帶，從事狩獵、耕種。

註三：太古巢，陳維英〈1811—1869〉，台灣淡水人，清咸豐舉人，致仕後回家鄉，力倡教育，對台北文風開啓，功德卓著，2006

年入祀台北孔廟附設之崇道祠。陳氏晚年在圓山東麓劍潭畔建一別墅，名為太古巢，邀集文人雅士吟詠唱和，並以太古時代巢居人〈有巢氏〉自稱。

註四：劍潭寺，原座落於劍潭北岸、劍潭山南麓，依山面水，風景絕佳，為聞名古剎。1926年日人擴建「台灣神社」，劍潭寺被迫遷往北勢湖山麓，地僻寂靜，香火沒落。

註五：石光，言時間之短暫。蝸角，喻空間之窄小。

資訊科技〈2007/09/01於竹園〉

資訊全球網路通，尖端科技歎無窮。
手機小巧多元化，電腦精微數位充。
股市操盤連晝夜，軍情較勁跨時空。
文明利器刀雙刃，禍福如何未卜中。

貓纜通車〈2007/09/08 於竹園〉

貓纜頻頻故障傳，通車規劃意周全。
殷雷七月驚天落，遊客懸空似火煎。

大稻埕憶往偶懷〈2007/10/12 於竹園〉

一九六〇年奉派往延平國小服務，初上臺北，曾有數月，寄居于延平北路乾隆藥房友人處，緊鄰名噪大稻埕之東雲閣酒家。黃昏後，三輪車陸續載送如雲美女上班，蔚爲一大街景。華燈初上，豪客臨門，通宵達旦，鶯聲燕語，絲竹酒令，隨風入耳。日前偶憶，彷彿如昨，不無所感，爰成小詩。

銷金樓館憶東雲，燕語鶯聲夜半聞。
美女香車何處去，空留朱閣映斜曛。

解憂〈2007/11/20 於竹園〉

告老江湖後，雲開掃積憂。迎曦晴岫曠，伴月碧溪幽。
寵辱隨煙滅，興衰任水流。餘生歸造化，鷗鷺自悠悠。

蛻變〈2008/01/20/ 於竹園〉

精心百鍊出吳鉤，面壁達摩經九秋。
幾世沉潛機熟日，沖天一躍化龍遊。

丁亥竹師四十九級乙班畢業四十八周年同窗會有感〈2008/01/20/ 於竹園〉

四紀悠悠似夢逢，驚聞八友鶴騰空。
滄桑話舊情難盡，一夜思潮萬感中。

丁亥臺大法律系畢業四十周年同窗會〈2008/02/02/ 於竹園〉

本班於 1967 年畢業，每年一度同窗會，三十餘載從未中斷。今年適逢畢業 40 周年，首次擴邀海外同學與會。少壯幾時，鬢髮已蒼，惟松柏貞質，意氣風發。或論國是，或談養生，或敘舊誼，或話滄桑，時光倒流，溫馨感人。迄今，網路之間，餘情蕩漾，爰綴一詩，參與分享，兼作他日追懷啟迪之資。

卌載分飛西與東，越洋攜眷喜重逢。
風霜暗助松根勁，歲月平添驥志雄。
同學論壇言未盡，愛心專輯意無窮。
一年一度溫馨會，金氏更新紀錄中。

領袖箴〈2008/04/15/ 於竹園〉

大選後，感民眾對於表率端清之切盼，爰作箴佐證輿情。

領挈衣襟袖舞長，風塵久歷垢潛藏。
觀瞻動見須留意，端正清新引頸望。

理想國〈2008/04/25/ 於竹園〉

理想終存理想中，桃源仙境霧迷濛。
大同世界藍圖美，烏托鄉邦架構空。
淨土茫茫何處覓，天堂蕩蕩幾人通。
無他憧憬無他夢，建設蓬萊耀亞東。

長樂宮〈2008/05/05/ 於竹園〉

楚辭課趙師引述淮陰侯斬於長樂宮事有感。

拜將蕭何斬亦然，沛公忍狠縱於天。
借刀除卻心頭患，鑾駕回宮喜且憐。

蒲酒〈2008/05/18/ 於瀛社例會〉

蒲觴五日溯淵源，耿耿孤忠憶屈原。
大作離騷傳萬世，讀之哽咽弔英魂。

賀輝雄宗兄喬遷御林園，座落於仁愛路〈2008/12/20/ 於竹園〉

御林甲第佔風光，聳出浮雲誇帝鄉。
府廈市廳鄰咫尺，嵐峰烟水接蒼茫。
陶公創業宏圖展，孟婦持家懿德揚。
松勁柏貞常挺秀，蘭薰桂馥永蕃昌。

景福門〈2009/05/24 於竹園〉

東門景福月猶臨，易代江山不動心。
可泣可歌多少事，百年古蹟鑑升沉。

茶具〈2009/06/25 於竹園〉

我看人生茶具如，出窯新品總粗疏。
煎熬冷熱經年月，玉潤輝藏澤有餘。

臺大法律系五十六年畢業班首度養生會〈2009/07/25於竹園〉

本〈2009〉年三月歡迎簡鐵城同學返臺餐會中，陳達雄班長倡議並獲共識，另行成立小型同學會，暫稱「養生會」。隔月聚會，互告近況、養生心得，分享經驗。五月三日首度假賀德芬同學勁草書齋餐敘，天氣澄和，四美皆俱，敘舊敦誼，賓主盡歡。

氣清和暢白雲收，首聚書軒景興幽。
溪水蜿蜒潛錦鯉，峰嵐縹緲戀朱樓。
鳥棲庭樹啼聲悅，人避松陰笑語柔。
向晚風情宜抖擻，相期康泰踐歡酬。

紙鳶〈2009/08/10於竹園〉

臺灣名列，亞洲四龍，表象風光，般憂深藏，自古以來，未獲自主。遠者不談，甲午一役，割讓日本。二次戰後，返歸國府，捲入內戰，風風雨雨，迄於今日，列強環伺，夾縫求生。臺灣未來，何去何從，有志之士，寧不深思。剪不斷，理還亂，辛卯春節，有感而誌〈2011/02/02序於竹園〉。

紙鴿翻騰意氣揚，任人操控暗懷傷。
誓將化作摩天翼，乘勢雲霄萬里翔。

註：臺灣命運之隱喻

八八水災〈2009/08/31 於竹園〉

雨驟風狂天柱折，山崩河決地層移。
小林至痛全村滅，金帥何辜一瞬夷。
悄望南空雲濺淚，憂居北域樹含悲。
自然反撲誠須畏，人類文明待省思。

詠侯嬴〈2009/09/30 於竹園〉

老成智勇一司閽，竊契奪軍捐烈魂。
造就信陵存趙國，千秋日月耀夷門。

詠留侯〈2009/11/03 於竹園，七言律古〉

決勝千里帷幄中，籌定天下百代雄〔註〕。
陰謀潛運法孫子，圖易爲細師李翁。
銷患未形誰稱智，制敵先機何勇功。
託遊赤松志淡泊，仰望雲山慕高風。

註：秦國滅亡後，項羽及當時絕大多數者均欲恢復戰國時代諸侯分立之局面。漢三〈前204〉年酈食其建議漢王復立六國之後以削弱項羽之勢力，幸賴張良高瞻遠矚，看出一統天下之歷史潮流不因秦亡而改變，爰借箸代籌，發「八難」，力勸獨自「取天下」，漢王因此不復立六國之後，中國大陸二千多年一統天下之基本格局，於焉確定。

詠范蠡〈2009/11/20 於竹園〉

滅吳霸越盛名危，自號鴟夷自惕思。
遠引扁舟浮海去，高山仰止典型垂。

修文會莊老師辭世周年有懷〈2009/12/15 於竹園〉

仁壽通經法聖賢，忘憂不倦不知年。
依稀莊子安恬澹，彷彿嚴公樂自然。
文敵昌黎瀾壯闊，詩親工部氣渾圓。
考亭仍繼薪傳業，絳帳弦歌遺像前。

南越行紀讀後感賦〈2010/04/15 於竹園〉

吾友性純厚，南越試啼聲。保僑德績懋，護上全忠貞。
烽煙勵僑務，熱情輸丹誠。從容訪社校，智勇華越評。
泣歌隔卅載，披卷感歎盈。倒戈山崩塌，倉皇風雨驚。
撤館有成竹，大使一代英。專章還眞象，雲散日月明。
外交春秋筆，信史欣見呈。洛陽已紙貴，續紀期刊行。

知音〈2010/04/26 於竹園〉

應《南越行紀》一書作者之請，草就〈讀後感賦〉乙首，頃獲評語，啼笑皆非，感知音難遇，爰綴二絕句誌之。

伐木丁丁響，嚶嚶求友聲。參差知己意，竟作不平鳴。

其二

唱和求鳴鳥，揮琴對子期。知音今恨少，方識絕絃悲。

賞畫之旅〈2010/07/26 於竹園〉

約姚理事長啟甲賢伉儷賞畫而爽約。

與君計議訪鳴門，久慕丹青希世存。
女子有行憂復喜，放懷賞畫待重論。

蟬唱雜感二首〈清晨閒步景美溪堤岸口占 2010/08/03 於竹園〉

夏日蟬鳴唱，今年興更饒。聲聲如哭訴，天地發狂燒。

其二〈2010/08/05 初稿，11/02 修正於竹園〉

今年氣象頗異常，屢逾三十八度強。
兩岸經合紛議肇〔註〕，五都選舉更憂擾。
天候將政情同行，蟬聲與民意共鳴。
風不調兮雨未順，國似泰兮民不振。
一葉落知天將秋，薄霜履而堅冰憂。
蜩螗之音先兆徵，豪傑之士曷其興。

註：兩岸經濟架構協議〈ECFA〉是否政治陰謀之糖衣。

戲致蚊子媾和書〈2010/10/20 於竹園〉

軍機夜偷襲，鼓翅響喧天。吸螫原無恨，惟求不擾眠。

登校途中偶感〈2010/11/05 於竹園〉

雖處五濁世，卻居清涼臺。置身棋局外，閒雲悠遊哉。

註：值首度五都市長等選舉期間

圓滿歸去〈2010/11/26 於竹園〉

一期生命，已告圓滿，人歸何處？

形化四大去，水滴入海還。元神歸道山，飛鳥沒雲間。

梅香伴讀〈2011/01/11 舊稿修訂於竹園〉

破臘迎春三徑茅，花魁播馥綻枝梢。

暗香入牖經書閱，疏影搖燈貝葉鈔。

勵節常思松竹契，焚膏祇爲聖賢交。

風霜刺骨芳清遠，遊息孤山俗累拋。

註：風霜二句。《禮記．學記》：「故君子之於學也，藏焉，脩焉，息焉，遊焉」。遊息者，謂專心為學，休息閒暇，均不倦怠也。梅花經風霜而幽香清遠；君子因學養乃人格高潔。梅香伴讀，孤山林逋，為其典型，作者亦思，踵武前賢，省卻俗累。又寄寓竹園，座落文山，孤山代指文山也。

春寒雨夜花〈2011/01/16 於竹園〉

臺灣歷史最滄桑，養女悲歌吻虎狼。
心悸當今附秦客，應無明鄭一施琅。

新長命女吟〈2011/01/16 於竹園〉

臺灣曾列四龍頭，亮麗風光藏隱憂。
水面無波看平靜，焉知水底無暗流。
福爾摩沙傷心碧〔註〕，妾身命薄童養媳。
甲午戰後割東瀛，日軍玩命賭一役。
二次戰末議開羅，轉交國府在一夕。
捲入內戰漩渦中，雖欲脫身乏奇策。
於今列強又環伺，夾縫求生苦趨避。
無端賣身野心郎，事隔百年猶斷腸。

休問聘禮多豐厚，切莫另嫁虎或狼。
經合架協紛議肇，兩岸關係衆惶擾。
鯤島經濟困待紓，神州市場誇億兆。
綸絲垂餌堪充飢，鉤住咽喉逃難掉。
砒霜鴆毒誰不驚，包裹糖衣誰知曉。
祇貪蜂蜜滋味甘，鋒刃舐嚐豈得了。
于嗟鳩兮無食葚，于嗟女兮無士耽。
與虎謀皮何勝算，事秦苟安宜熟諳。

註：1542年，葡萄牙人在一次航往日本的途中，經過一座地圖上不存在的島嶼，船上的水手遠望島上蒼鬱的森林，忍不住驚呼"Ilha Formosa"意思是美麗之島。這個島嶼在西方世界就被標記為Formosa〔福爾摩沙〕，這就是今天的臺灣。從此臺灣成為列強殖民競逐之場，揭開傷心歷史之序幕。

偶憶退休前夕〈2011/01/26 於竹園〉

何等悠閒去上班，卻思倦鳥幾時還。
家人囑莫提前退，攬鏡清晨有汗顏。

註：尸位素餐，內心難安；提前退休，有愧家人。矛盾心情，寫在臉上。

許願〈2011/01/26 於竹園〉

內人便血，醫師勸作直腸鏡檢查，適值親友多人因直腸癌手術，未免忐忑，爰許願求助於神佛。去歲 12 月 10 日檢查結果正常，感謝神佛。

內人便血不尋常，腸鏡區區莫恐惶。
默禱平安祈佛祐，杜詩試講願還償。

天變〈2011/02/25 於竹園〉

天變緣何故，民心水載舟。商湯修德起，夏桀失人休。
秦暴旬餘歲，周仁八百秋。非洲骨牌倒，中外貉同丘。

桑林〈2011/04/12 於竹園〉

一處桑林翠綠滋，蟲聲唧唧影參差。
自從嫘祖歸天後，歲歲蠶眠懶吐絲。

註：自莊世光老師歸西後，修文會仍弦歌不輟，惟詩作銳減，未再出刊詩集。

福島殘櫻二首〈2011/04/20 於北海道旅次〉

福島核能掀巨災，正憂稻作已難培。
東君有意還相慰，故教殘櫻爛漫開。

其二

春光駘蕩漫溪山，劫後瘡痍魂獨還。
多少辛酸多少淚，要留笑靨在人間。

太田詩翁八秩晉八米壽之慶〈2011/06/12 於竹園〉

蒼松矯矯一詩翁，米壽桃觴慶海東。
德業精勤昌國運，箕裘克紹振家風。
詩猶方谷洪濤湧，書比泰雲巍嶽雄。
海屋添籌天有意，日臺文化架長虹。

註：方谷指名詩人山田方谷；泰雲為名書法家柳田泰雲。

林書豪〈2012/03/04 於竹園，天籟吟社春季例會課題詩〉

因緣殊勝聚，成就不平凡。儒雅金頭腦，神威鐵甲衫（註一）。
四方皆矚目，萬里可揚帆。二代蓬萊樹，欣欣樂土杉（註二）。

註一：儒雅二句，指在哈佛讀大學（書）；尼克鐵衛，攻守俱佳（神豪發威）。

註二：二代二句，蓬萊指臺灣，樂土乃美國。林父留學移民，書豪係第二代（林）。《魏風・碩鼠》：「逝將去汝，適彼樂土。」

問春〈2012/03/25 天籟吟社春季例會擊缽詩修改於竹園〉

陰雨冥冥歲序更，沉沉兩岸繫吾情。
東君可否開迷惑，雲散何時天放晴。

問蓮〈2012/05/20 於竹園，天籟吟社夏季例會課題詩〉

瀲灩波光裡，亭亭出水中。清香周子愛（註一），淨業遠公崇（註二）。常抱三心切（註三），深觀五蘊空（註四）。西方開九品（註五），法性幾時通。

註一：周敦頤是宋朝理學家，其「愛蓮說」一文，為世人傳誦。

註二：慧遠為晉代高僧，住廬山東林寺，率眾成立「白蓮社」，於阿彌陀佛像前宣誓，同修淨業，著「法性論」，唱涅槃長住之說，後世奉為蓮宗初祖。

註三：觀無量壽經曰：「一者至誠心，二者深心，三者迴向發願心，具三心者，必生彼國。」彼國即極樂世界，阿彌陀佛國。

註四：五蘊乃佛教之概念，代表構成宇宙萬物及人之生命的五個要素，即是色、受、想、行、識。五者均時刻變化、流轉、空無自性。

註五：極樂世界蓮花分九品，往生者依善根福德因緣而有品位之別。

蘭孫誌喜〈2012/05/25 於竹園〉

潘公明兄壬辰夏旅美電告喜獲孫女，爰綴詩以賀。

幽香滿芝室，九畹茁芽根。頤養延年壽，含飴且弄孫。

註：九畹，蘭花之代稱。

奉和　耕雨副會長大作無題原玉〈2012/12/26 於竹園〉

天寒臘盡鳥歸巢，鷗友題襟寄舊交。
墨客傚顰疏握管，枯腸燈下漫推敲。

附　太田先生原唱〈太田英利先生字耕雨係日本岡山縣漢詩連盟副會長〉

迎春無恙穩當巢，遠近何妨知友交。
聖誕卡聯明信片，老翁保健娛推敲。

贈賴介文醫師謝其治癒急性腹膜炎〈2013/02/28 於竹園〉

2月21日凌晨腹部劇痛，由救護車送慈濟醫院急診處，斷層掃瞄顯示12指腸潰瘍引發腹膜炎，隨即接受手術，已於27日返家靜養。

指腸穿孔潰成疴，三點雷刀除病魔。
續我假身延慧命，謙謙儒雅賽華陀。

養病新生三要〈2013/02/28 於竹園〉

2月21日凌晨腹部劇痛，由救護車送慈濟醫院急診處，斷層掃瞄顯示12指腸潰瘍引發腹膜炎，隨即接受手術。26日廖茂松伉儷來探病，夫人贈以證嚴上人養病新生三要。

正常生活省慌忙，日誦觀音慧命長。
世世勤行菩薩道，此心清淨北窗涼。

註：三要，一、生活正常。二、日誦觀音經一部。三、許一大願。

健康養心要訣〈2013/03/04 於竹園〉

皈依神佛泰山安，任運自然風月寬。
習氣滌清還赤子，未咳未兆此心觀。

贈唐師兄紘櫂〈2013/04/25 於竹園〉

圓滿能容自在身，姓名論斷確如神。
莫非菩薩娑婆現，吟誦心經渡世人。

註：主持「大圓滿易經姓名堪輿館」，善吟唱〈心經〉。

興福寮農園吟唱雅集〈2013/04/25 於竹園〉

隨喜參加洪澤南老師國父紀念館吟唱班春季結訓成果發表會。

雲山縹緲隔人煙，異卉奇花境恍仙。
蟲唧鳥啾猶伴奏，弦歌嫋嫋韻彌天。

千曲川〈日文歌譯中，作者：田川壽美，2013/10/27 譯於竹園〉

花瓣飄零隨水流，旅人飲泣難解愁。
信濃道上勿忘草，恋情已逝不回頭。

其二

明日此身浮雲般，煙霞嫋繞淺間山。
呼聲殷殷都會遠，秋風轉蓬去不還。

其三

踽踽獨行草笛傳，水聲嗚咽千曲川。
縠紋輕撫夕陽岸，信濃野徑燈光徧。

鸜鵒〈2013/12/04 於竹園〉

原爲一隻拙鸜鵒，藏修潛化出谷鶯。
豈止孰聽能吟唱，更具匠心囀新聲。

臺大法律系五十六年畢業班第十四次養生會紀要〈2013/06/10於竹園〉

三年一巡養生會。2009年3月歡迎簡鐵城同學返臺餐會中，陳達雄班長倡議並獲共識，另行成立小型同學會，暫稱「養生會」，由北部同學輪流主辦。5月3日首度假賀德芬同學〈羅紹仁同學合辦〉「勁草書齋」餐敘，賓主盡歡〈附首度養生會〉。2012年5月19日於黃宗樂同學陽明山別墅之「蘭園」舉辦第十一次養生會，盛況空前，首輪一巡，圓滿完成。同年8月10日又由賀德芬、羅紹仁兩位同學推動第二輪雅集。本〈2013〉年2月25日謝康雄同學圓順接辦第十三次歡聚。

融融此日溫馨會。今〈6月6〉日第十四次養生會假貴子坑鄉村俱樂部舉辦，共37位同學及寶眷與會〈註〉。首先，由志工帶領大多數人參觀「地質公園」，晴空萬里，沿親山步道，邊賞風光，有說有笑，不知不覺，來到公園，據告，3000萬年前臺灣仍沉睡海底，600萬年前被火山吵醒，才浮現地球表面，該處地質是由沉積層與火山岩堆疊而成，全球各地，絕無僅有，令人耳目一新，發思古幽情。正午時分，返回餐廳，分開三桌，大快朵頤；互道近況，養生心得；

分享苦樂，砥礪鼓舞；席間融融，一片溫馨。飯後個別活動，或泡湯鬆身，或踏青散心，或續話家常，盤桓至四時過後，始依依離去。

更期年內二盛會。餐敘中商定第十五次養生會由周國榮同學主辦；並公推李健政同學為本年度全班同學會之籌辦人，預定於10月份舉行，三天兩夜日本沖繩島之旅遊。兩項活動，精彩可期。

走筆至此，不無所感，爰綴小詩，以附文末。

萬里雲山愜，徜徉古道晴。悠遊閒歲月，瀟灑度人生。

遊貴子坑地質公園雜感〈2013/06吉日於竹園〉

萬里晴空且愜遊，徜徉古道漫尋幽。
沉眠海底阿僧劫，浮現塵寰幾度秋。
石火光中身若寄，蝸牛角上事何讎。
悠悠歲月閒天地，雲鶴逍遙泛白鷗。

註：該公園，據告，3000萬年前臺灣仍沉睡海底，600萬年前為火山

吵醒，浮現地球表面，該處地質由沉積層與火山岩堆疊而成，全球各地，絕無僅有，令人耳目一新，發思古幽情。阿僧祇劫係佛學用語，義為無限多，沒有數目可以計算之時間。

甲午春聯〈2014/01/14 於竹園〉

和氣入簾山擁翠〈右聯〉
祥雲繞郭水浮藍〈左聯〉
和念致祥〈橫幅〉

甲午迎春〈2014/02/04 立春於竹園〉

嬌櫻爛漫淡香重，招引過牆群蝶蜂。
花醉蜂狂翩翩蝶，白頭枝上笑聲雍。

註：除字面意義外，隱含他意：嬌櫻花醉指雅如；狂蜂為某李老師，翩蝶為某陳小姐，兩人係別處羽球球友，因清晨散步認識雅如，常隨雅如來住處河濱公園打羽球，頗為熱鬧；枝上白頭翁指本人，看在眼裡不覺會心微笑。

春寒〈2014/03/10於竹園〉

陰雨綿綿下，飄搖社稷淒。觸蠻終裂角，藍綠竟乖睽。
禹域眈眈伺，蓬萊岌岌迷。夢中聞淅瀝，不已曉雞啼。

服貿惹惱太陽花〈2014/03/25於竹園〉

早已塡膺鬱憤蒸，渾如悶鼎氣騰騰。
無端服貿添油火，袞袞諸公心豈懲。

欠債或報恩〈2014/03/28於竹園〉

因果酬償出自然，夫妻敬愛義雲天。
債恩兩泯心相繫，無負今生殊勝緣。

亞斌學長哲嗣湧智君與毓倩小姐新婚誌喜〈2014/07/20 於竹園〉

筵開吉席喜洋洋，琴瑟和鳴合巹觴。
倩女風華純大雅，智郎才器正軒昂。
三生有幸爲同學，兩少無猜遇上庠。
詩詠關雎深祝福，綿綿瓜瓞頸交長。

甲午即事〈2014/09/10 於竹園〉

世局紛紛似弈棋，蓬萊甲午實堪悲。
曾遭狂犬鋼牙齧（註一），幸遇雄鷹護翼披（註二）。
餓虎欲吞何急切，羔羊待攫卻遲疑（註三）。
杞憂歲歲風雲變，廟策修牢未雨時（註四）。

註一：狂犬代指日本，日本軍閥瘋狂發動多次對外戰爭，1894年日清甲午戰爭，次歲割臺。

註二：美國國徽係鷹徽，故以雄鷹代指美國，二次大戰打敗日本，臺灣一夕返歸國府，隨即兩岸分裂。1954甲午年，臺美簽訂共同防禦條約，其內容包括軍事、經濟及社會福利，阻止中共進攻臺灣，保障本島發展。本條約維持二十多年，美國與中共建交，由臺灣關係法銜接。

註三：餓虎指大陸；羔羊指臺灣，蓬萊係臺灣之代稱。

註四：世局如弈，風雲多變，國無敵友，惟利是友，他邦護傘，豈宜久恃。臺灣局勢，次一甲午，當必決定，餓虎撲羊，勢如燃眉，廟算難測，豪傑曷興。

甲午怪事之一〈2014/10/23 於竹園〉

頂新歸國載虛譽，油品難容罄竹書。
甲午人間多怪事，鮭魚竟變大鯊魚。

憶　黃天賜老師〈2014/11/03 於竹園〉

貫通三教好三玄，特立獨行天縱然。
豪放歌行歎觀止，依稀再世李詩仙。

清池〈2014/11/12 於竹園〉

台大法律系年度同窗會，台東去程車上，許會長啟仁夫人手機照片與拙荊等分享，余見美景，偶吟詩句，以湊熱鬧；清池幽靜，有口皆碑，眾人慫慂，乃沉吟片刻，口占一絕。

清池人跡少，澄澈見魚沙。偶映閒雲過，悠悠日已斜。

台日兩社聯吟雅集有感〈2014/11/16 於竹園〉

日本吟院岳精會，應台北天籟吟社之邀，於十一月五日假三千貿易教育中心，舉行詩詞吟唱交流雅集，余參與籌備，承乏司儀口譯之務，感於茲會之盛，因綴所懷，以資追憶啟迪。

吟唱源華夏，扶桑別創新。提升眞善美，淨化藝心身。
天籟工音協，岳精崇道遵。朗聲千百鍊，極致法陶鈞。

註一：日本有茶道、華〔花〕道、書道、香道、劍道、柔道、武士道…除重視技藝外，兼顧身心靈之修行、淨化及提升，乃其文化之精髓。吟唱亦然，列為日本傳統藝術之一，稱之為「吟道」。

註二：吟唱、吟詩、作詩乃一體；吟社即詩社，吟道即詩道；詩文載道，學者所宗。吟唱、作詩極致乃道法自然，歸依造化、造物、造物者。

題獨坐大雄峰畫〈2014/12/09於竹園〉

今晨用餐，偶與內人談及，岳丈生前水墨象徵畫，淡淡數筆，一僧禪坐，屹然不動，獨對高大山峰，一時心弦觸動，援筆而就一絕。

並列三才重，吾人天地鍾。浩然眞氣養，獨坐大雄峰。

朝聖之路〈2014/12/12於竹園〉

間關過鷲嶺，曾見翠雲峰。指北磁針在，旅人無倦容。

註：修證次第，求道、修道、悟道、行道、證道、證果。

乙未春聯〈2015/01/12 於竹園〉

青山欲語花舒笑〈右聯〉
綠水含情鳥悅鳴〈左聯〉
智樂壽仁〈橫幅〉

戲詠小百合〈2015/01/22 於竹園〉

如花小妹頗迷人，不意招蜂在曉晨。
最憶老翁傳韻事，綠楊今作幾家春。

晨曦早課話幽默〈2015/01/31 於竹園〉

甲午臘月，吉辰早課，道別途中，雅汝撥開，網路笑話，亦葷亦素，捧腹絕倒，靈光一閃，戰機一瞬，捕綴一詩，幽然自勵。

一人無聊，二人同儔，三十分鐘，童心共遊，十分愉悅。
忘卻煩憂，珍惜緣份，存素無求，方可長保，無疆之休。

起草遺囑有感〈2015/02/05 於竹園〉

無端何事皺眉頭，幾度懷傷涕泗流。
遺囑草成陰霾掃，天藍雨霽白雲悠。

改變成真〈2015/02/12 於竹園，天籟吟社春季例會課題詩〉

蓬萊豈料殷雷聞，小雪方經萬緒紛〔註一〕。
一夕藍天驚色慘，三臺綠地慶花芬〔註二〕。
連家薄暮歸巢鳥，柯氏清晨出岫雲〔註三〕。
未艾方興招俊傑，乾坤共轉建殊勳。

註一：去〔2014〕年 11 月 22 日乃 24 節氣之小雪，29 日九合一選舉，晴天霹靂，天地變色。「改變成真」乃柯文哲市長候選人之競選標語。

註二：朝野政治版圖大更動，選前，國民黨 15 縣市，民進黨 6 縣市，無黨 1 縣市；選後，國民黨 6 縣市，民進黨 13 縣市，無黨 3 縣市。六都國民黨僅保住新北市。

註三：連家等舊勢力，時代任務告終，宜倦鳥知返，讓國民黨新生代，一展身手，民進黨亦然，政界方有，源頭活水，朝氣蓬勃。此次，倘由丁守中，競選台北市長，鹿死誰手，實難逆料。柯市長政界新人，雲無心以出岫，重點在於「無心」，無心方能無我，不執著而有智慧；無心方能無私，大公而博愛；無心方能忘己，持志而勇毅。政治家，智仁勇兼備，精誠感人，方能號召，志士豪傑，共轉乾坤，「改變成真」。哲人已遠，典型在昔，求之近代，杏林前賢，孫中山與蔣渭水二先生，堪作榜樣。

霾害〈2015/03/08 於竹園，天籟吟社春季例會擊鉢詩〉

禹域塵霾觸目驚，鋪天罩頂泣無聲〔註〕。

自然反撲誠須畏，大地沉痾慎莫輕。

註：各種報導及紀錄片顯示，大陸開發過度，排碳量極高，空氣汙染嚴重，霧霾鋪天蓋地，肺癌諸病，異乎尋常，百姓泣不成聲。

夢歸故居〈2015/03/28於竹園，清明掃墓前夕〉

夢中故里久暌違，不見雙親倚竹扉。
唯有庭前老榕樹，婆娑笑迓舊人歸。

戲詠武則天〈2015/04/07於竹園，古體〉

春天繼母面，偶情陰雨連。冷熱須臾變，人稱武則天。

詠老榮民二首〈2015/04/09於竹園，古體〉

寄寓臨景美溪，清晨河濱，每見榮民，揮舞練功，風雨無阻，歲月不屈，深受鼓舞。

聞雞起舞如往昔，松柏長青老榮民。
淒風苦雨不在意，自謂槍林過來人。

其二

人稟天地氣，形化存其靈。老兵漸褪去，精神不凋零〈註〉。

註：老兵二句，麥帥名言。

戲答智珠「背上書袋係何物」〈2015/04/19 於竹園〉

昨〔4月18〕日素齋後，出修文會大門，智珠戲言，乾甫背上書包，形似嬰兒，靈機一動，歸途醞釀一絕。

步履蹣跚出大廳，半杯清酎醉還醒。
背中借問爲何物，是物脫胎文曲星。

註：文曲星乃積學而成，故謂其脫胎於書籍、書包，不亦宜乎。惟獨具慧眼者，方能識得書包猶如嬰兒，可孕育文曲星。

遣懷〈2015/05/07 於竹園〉

五月二日杜詩課，無端又起風波，歉意難宣的是命運弄人一悲劇，夫復何言，惟恨智慧不足，割捨不早，貽誤至今。

放浪形骸悔意盈，晤言一室抱衷誠。
六年一覺修文夢，贏得書生狂妄名。

聽蟬〈2015/06/28 天籟吟社夏季例會擊鉢詩〉

今夏炎如火，蜩螗喉舌乾。聲中猶哭訴，國事嘆悲酸。

重陽菊〈2015/09/13 天籟吟社秋季例會擊鉢詩〉

九日東籬下，冷香秋色中。因思彭澤令，晚節幾人同。

戲詠大選鬧劇〈2015/10/20 於竹園〉

破天鬧劇耍權謀，粉墨登場比倡優。
拔柱換倫囂百日，荒腔走板幾時休。

騷人秋思〈2015/11/14 於竹園，天籟吟社冬季例會課題詩　改題〉

騷人秋感賦，淒艷淚痕斑。西陸蟬方唱，南衡雁未還。
露凋楓醉色，月映荻蒼顏。草木悲搖落，臨池筆墨潸。

新加坡馬習會〈2015/11/24 於竹園〉

馬習星洲謀一中，殷雷地震破天同。
引來海嘯無聲息，悄悄何時越遠東。

註：馬習會各國注目，地緣政治上，猶超級地震，必引發大海嘯，波及全球；兩岸累積驚人能量，正開始釋放，影響深遠，頗值拭目以待。至少二事，必須關注：就兩岸言，二人意圖以虛幻之「一中架構」，框住台灣，遏抑人民前途選擇之自由，猶如預設筌蹄，待捕魚兔，如何因應，尤須深慮；就全球言，習氏明示以台灣為禁臠，壓縮世界各國，對於兩岸關係決策之空間，如何演變，亦須留心。

軍宅炒作案〈2015/12/08 於竹園〉

魚肉榮民最不該，燎原軍宅釀成災。
百年老店臨崩塌，稻草一根添上來。

冬陽〈2015/12/13於竹園〉

萬里晴空視野寬，綿延起伏現重巒。
冬陽普照天容悅，且看枝頭雀躍歡。

風雨故人〈2015/12/14於竹園〉

圭詮兄覆偉鈞兄歲末祝福，真情感人，爰綴一絕，東施效顰，順頌　同學闔府　平安喜樂。

萍寄蓬萊惟數年，情牽斯土意緜緜。
淒淒風雨如今日，誰見雞鳴君子賢。

垮臺跡象〈2015/12/26於竹園〉

百年老店似行船，舵手無能側一舷。
各自爭先搶贓貨，何顏面對黨先賢。

註：國民黨團幹部，為謀稻糧，各自卡位，處分黨產，離心離德。中山先生，地下有知，情何以堪。

歲暮書懷〈2015/12/28 於竹園〉

暮矣歲云雙鬢皤，沸羹時局感懷多。
一中各表猶魚網，兩制同存似雀羅。
素志未酬悲莫奈，丹心仍在嘆如何。
淒淒風雨嗟今日，不已雞鳴誰枕戈。

註一：內政外交，藍綠對衝，國是紛歧，民意分裂，時局動盪，輿情沸騰，「如蜩如螗，如沸如羹」〔詩大雅，蕩〕。

註二：馬習會強調：「九二共識、一中各表」，為兩岸關係之主軸。總統大選辯論，國民黨對此亦步亦趨；民進黨則謂，基於策略考量，「一中各表」可作為兩岸關係選項之一。「一國兩制」乃鄧小平所倡導，為和平解放臺灣之戰略，籠絡香港之手段，大陸仍遵奉不違。

註三：「風雨如晦，雞鳴不已」《詩鄭風・風雨》；祖逖聞雞起舞，劉琨枕戈待旦。

丙申春聯〈2016/01/01 於竹園 2015/11/23〉

綠水潺潺觀自在〈右聯〉
青山歷歷現如來〈左聯〉
晨樂青山昏綠水〈橫幅〉
此心自在伴如來

註：寄寓，背倚仙跡巖，面朝景美溪，遠望重巒起伏連綿，朝夕雲霞輝映，頗足賞心悅目。大自然秩序井然，寧靜和諧，彷佛可見其背後，似有造化〔或神佛〕之攝理存焉。

丙申春聯〔迎春〕〈2016/01/01 於竹園 2015/12/01〉

鬱鬱庭園桃李艷〈右聯〉
嗡嗡堤岸蝶蜂忙〈左聯〉
春來萬物生機發〈橫幅〉
大地山河化新妝〔換新裝〕

周子瑜事件〈2016/01/18 於竹園〉

臺灣在韓藝人，芳齡十六，曾在台上，手揮國旗自我介紹，國內藝人黃安，向大陸誣告為「臺獨藝人」，竟遭取消在對岸所有演出，被迫道歉，適逢大選前夕，導致三位侯選人同聲譴責，全民激憤。

佳人二八漫揮旗，有罪莫須羅織隨。
公演禁停兼道歉，花容憔悴淚雙垂。

醉翁大選歌〈2016/01/20 於竹園，01/16 總統國會大選剪影〉

大寒眼前冬雷聞，一夕動地又驚天。
綠軍輕渡大安溪，藍營潰敗雪崩然。
凱達寶座歸女性，憲政史上屬空前。
國會首度亦輪替，政黨政治趨健全。
人民轉託在野黨，半由無奈非無因。
馬氏無能又剛愎，八年九趴亂紛紛。
經濟兩岸及黨務，政策粗糙乏可陳。

敗選責任誰應扛，誰是國民黨罪人。
經濟民生不堪言，六三三受嘲諷頻。
產業代工不研創，空喊口號不生根。
企業外移空洞化，國內產業夕陽殘。
大學畢業即失業，高學低就謀職難。
楚材晉用人外流，景氣低迷民哀呻。
薪資物價成反比，二十二Ｋ有誰憐。
財富分配不公允，富者越富貧越貧。
中產階級漸萎縮，社會不安肇憂端。
兩岸關係如刃懸，黎民中夜難安眠。
雙邊交流政績著，馬氏自詡復自喧。
表象看來似熱絡，危機四伏政策偏。
經貿協定過數十，傾中路線開大門。
交流基礎倚對岸，趙孟善意臉色看。
包裹糖衣誰知曉，砒霜鴆毒豈可吞。

投資貿易集禹域，形如雞蛋投一籃。
深陷泥淖已難拔，對岸噴噓我寒傷。
鯤島經濟喪自主，四小龍頭附庸淪。
當年風光付流水，有志之士心如焚。
兩岸政策集怨瞋，悖離民意良可嘆。
黑箱作業走鋼索，危疑旦夕憂存亡。
馬習星洲謀共識，一中各表禍潛藏。
猶設筌蹄捕魚兎，虛幻架構框臺灣。
逢中屈膝仰鼻息，浸淫日久失自尊。
國家前景未確定，認同混亂人不安。
子瑜何辜竟受辱，九二共識成具文。
大選前夕全民憤，選情高潮浪騰翻。
黨內龍蛇離析分，懷鬼爭權禍蕭牆。
九趴總統票房毒，朱氏倉促起接班。
辜負期待人心潰，一誤再誤失江山。

馬王不合陷僵局，總統人選協調艱。
拔杜無奈成鬧劇，局勢難挽雖立倫。
立委提名傾派系，名單首列金平王。
惹惱黃復興黨部，深藍基本亦崩盤。
壓垮駱駝一根草，軍宅炒作王如玄。
滅秦者非六國人，自取敗亡怨自身。
執政只求感覺好，背對民意達八年。
臥薪生聚取教訓，在野翻轉掌政權。
選民眼睛最雪亮，耿耿民心鑑青天。

笑面觀音〈2016/01/26 於竹園〉

觀音笑面不尋常，果敢深沉重任當。
迎奉莊師享天壽，英豪何妨是紅妝。

馬氏突登太平島〈2016/01/28 於竹園〉

南沙諸島虎鷹爭，跛馬崩蹄闖太平。
驚起猛禽深夜動，無風海面浪濤生。

註：據報導，2016/01/28 馬氏登上太平島，宣示主權，固無不當，惟時機妥適與否，不無斟酌之處。大陸即刻聲援馬氏，謂其共同捍衛祖產；為牽制中方之輕舉妄動，美國已出動十二架最新式猛禽戰鬥機〔每機造價台幣 50 億〕等，進駐橫須賀戒備。美國國徽係鷹徽，鷹代指美國；虎指大陸。

鷹犬効虎營〈2016/01/29 於竹園〉

馬奔野曠晴，蒼鷹先導行。飛追有良犬，狡兔惟悲鳴。
蓬萊多鷹犬，心效秦虎營。兔死良狗烹，史蹟斑斑明。
鄙陋權勢重，高賢以爲輕。謀國盡忠誠，自然垂芳名。

註：前總統馬英九 11 月 17 日於馬來西亞出席「世界華人經濟論壇」並發表專題演說，遭中國打壓，拔去「前總統」頭銜，感慨八年親中竟遭羞辱，效值得國人省思。〈2016/11/20 加註〉

南沙諸島鷹虎鬥〈2016/02/02 於竹園〉

南沙歸屬本難明，擾攘紛紛鷹虎爭。
看守期間須謹慎，漩渦莫捲事非輕。

註：2016/01/28 馬氏登上太平島，宣示主權，固無不當，惟時機妥適與否，不無斟酌之處。第一位登上太平島之總統是陳水扁，2008年新聞報導指出，當時正在競選總統之馬英九，砲口對向陳總統，表示：「看守總統」，應該要把社會安定，國家安全維護好，要在總統選舉之後，將職務工作交接好，「這就是對憲政體制最大的貢獻」等語。

乙未除夕感言〈2016/02/07 於竹園〉

台大同學網路論壇側記

才氣洋溢瞻雅文，讜論縱橫仰偉鈞。
餘筆滙注成江海，丙申更待高潮翻。
順頌　同學　闔府平安

默禱　府城　早日復原
堅信　天助　自助台灣

維冠大樓〈2016/02/09 於竹園〉

02/07 除夕凌晨，美濃地區發生 6.4 級地震，據報導，維冠距震央頗遠，以沙拉油桶、塑膠袋，充作建材等因，大廈倒塌，死傷逾百，搜救工作，仍在進行。

維冠高樓危險冠，豆渣大廈堪長嘆。
三更地牛擾清夢，一片哀鴻曉星殘。

臺灣化外之地〈2016/02/14 於竹園，結句拗〉

史稱中國指中原，夷狄蠻戎皆異番。
亙古蓬萊爲化外，一變滄桑華夏論。

註一：就歷史事實言，台灣並非中國之「固有領土」。中國歷代政府，由於無知而無視台灣之存在。1722 年雍正實錄之詔書曰：「台灣自古不屬於中國，我皇考〔康熙〕神武遠居，拓入版圖…」。乾隆版「大清一統志」卷335載「台灣自古荒蕪之地，不通中國，名曰東番…」。顯示台灣並非中國之「固有領土」。

註二：就文明發展言，台灣頗具多元性，接受東西文明之洗禮，亦非因受中國之教化而成為文明開化之社會。清廷將台灣納入版圖，惟未盡政教之責，放任其自生自存，常遭海盜、列強之蹂躪，迄至1871年牡丹社事件，仍視之為「化外之地」。1885年設省，1895年割讓日本，滄桑一變，五十年後，竟稱台灣已非化外，乃屬於華夏高度文明之中國「固有領土」，難道是日本〔東夷？〕教化之功？！

註三：中國割台，實為不仁；日本奪台，更是不義，二者均非可靠。台灣猶如童養媳，今已長大成為擁有2300萬子女之母親。「凱風自南，吹彼棘心。棘心夭夭，母氏劬勞。…」《詩經（邶風（凱風》，母親育子，極其辛勞。惟「雨夜花」時代已過，讓我們同心協力用「補破網」之精神，來建設自己之家園。

〈2016/10/02 補註〉

蓬島迎春〈2016/02/22 於竹園〉

萬物昭蘇紫氣先，蓬瀛瑞兆慶堯天。
枝頭鵲鬧傳佳訊，窗外梅開迎喜年。
不盡河山初碧綠，無邊花木亦鮮妍。
丙申國運隨春轉，衆頌卿雲樂歲綿。

註一：不盡一聯，字面之外，尚意涵民進黨〔綠營〕方全面取得政權，民蒙惠澤，亦將如草木受雨露滋潤。故結以「運隨春轉，雲樂歲綿。」

註二：〈尚書大傳〉卿雲歌：「卿雲爛兮，糺縵縵兮。日月光華，旦復旦兮。」乃稱頌清明政治之意。

馬氏政權〈2016/03/20 於竹園〉

八年執政民心灰，九二共識誠堪哀。
六三三充飢畫餅，黯然憔悴終下台。

註：九二共識亦指民調 9.2%。

魏應交應充迎白沙屯媽祖過境〈2016/03/23 於竹園〉

魏家兄弟跪街旁，匍匐神輿一瓣香。
媽祖忽然偏向去，相看錯愕色悽惶。

註：25日報載頂新食油案，一審判處魏應充無罪，二審改判有期徒刑四年，媽祖果然預知。

法務部長羅瑩雪關於肯亞事件立院答詢側記〈2016/04/15 於竹園〉

大砲隆隆議事堂，冷言冷語不慌忙。
死豬無懼蒸湯燙，九局奈何餘半場。

註：死豬九局，乃羅部長之名言。

模擬侵臺有感〈2016/04/22 於竹園〉

砲火硝煙頗逼真，文攻武嚇氣凌人。
窮兵史冊垂殷鑑，覆轍昭然論過秦。

註：據報導，虛擬兩棲犯台，乃中共針對520新總統蔡英文就任，所採文攻武嚇之一環。

蔡英文名列時代百人榜〈2016/04/22 於竹園〉

冷若冰霜志若鋼，翁山同上百人堂。
文王羑里嘗憂患，大敵當前智忍當。

註一：冷靜生智，志鋼能忍，殷憂啓聖，智忍聖德，足當大敵，文王昌盛，堪作典範。幸無辜負，時代深期，全民共勉。
註二：翁山與蔡，同質性高，時代主筆，頗具慧眼，寄以深意。

農忙〈2016/05/07 於竹園，天籟吟社夏季例會課題詩〉

田家忙有序，四季自然調。春夏耕耘順，秋冬收貯饒。
天時生穀物，地利育秧苗。種作同參贊，農功日月昭。

臺大法律系五十六年畢業班第二十六次養生會紀要〈2016/06/03 於竹園〉

七年之癢，嘗試轉型。2009 年 3 月歡迎簡鐵城同學返臺餐會中，陳達雄班長倡議並獲共識，另行成立小型同學會，暫稱「養生會」。隔月聚會，互告近況、養生心得，分享經驗。5 月 3 日首度假賀德芬同學「勁草書齋」餐敘，賓主盡歡。迄今〔2016〕年，不覺若有類似「七年之癢」現象，邱雅文同學乃建議轉型，並邀請呂慶龍特任大使蒞會做專題演講。

感恩分享，感動全場。今〔6月2〕日第二十六次養生會假大湖Lu Park景觀餐廳舉辦，清晨風雨交加，獲32位同學及寶眷與會。班長開場，簡餐過後，首先，由邱同學介紹講師謂：呂大使是最近名揚海內外的「台灣之光」，我聽過他幾次演講，堪認「第一名」。內容豐富、風趣、深度，充滿愛鄉愛人的真誠感情，其學識淵博，見解超然，具備多方面的知識〔外交專業外，政治經貿、文化、藝術、旅遊、風俗、品酒、國際禮儀等均有獨到經驗和看法〕。此次能來我們「純粹私人聚會性質」的養生會做客演講，實屬難得等語。隨即由呂大使，就「以感恩的心從分享外交專業經驗談起」為題，台語演講，字正腔圓，內容豐富，均以在法國實際活動錄影為佐證，熱情、自然、生動、活潑，全程40分鐘，吸引全場。尤其是在某一次法國經貿活動，以布袋戲偶為道具，用流利無比之法語，介紹台灣之經貿實力及人文特點，幽默、風趣，全場人士，如醉如痴，最為感人。

報告事項，班務處理。聽講完畢，雨霽天晴，送走大使，討論家務。關於今年同學會之安排，時間：擬按舊例，秋季舉行，地點：尚待斟酌，敬請提供意見。至於明年台大50周年活動與配合事項，請賀德芬、陳映雪、謝康雄三位同學，參與籌備活動。另外，賀德芬同學報告，久已揮別，法政書籍，沉潛研讀，西方文學經典名作，並擬重建藏書。同學倘有相關圖書，可以割愛，她願珍藏，傳諸後人。

留影紀念後，趁著天晴，遊大湖公園，碧波蕩漾，游魚穿梭，綠柳垂蔭，虹橋迷人，深感不虛此行。

咖啡〈2016/06/12於竹園，天籟吟社夏季例會擊鉢詩〉

清香瀰雅室，淺啜味無窮。消暑南窗下，酣然迎晚風。

夏日登訪草山竹子湖〈2016/06/17於竹園〉**和　圭詮兄〈夏日登山〉附原玉**

薰風相契訪陽明，竹子湖邊積翠橫。
花事闌珊蟬噪晝，清談林樾晚霞晴。

夏日登山附原玉〈2016/06/15〉

走草山至竹子湖聚餐，奉添丁隊長令寫所感。

城居何事常上山，豈爲愛聽夏騷蟬。
竊幸老來無家累，呼伴持杖齊揮汗。

其二

連日大雨今日晴，愛山老友又同行。
林蔭清風烈日下，互慶不老是此心。

夏日即事〈2016/07/01 補錄於竹園〉

薰風習習伴羲皇，高臥北窗吟詠長。
一卷南華渾坐忘，焉知塵世有炎涼。

註：天氣有冷熱，世態有炎涼，古稀之人，須自我調適，順應自然，淡看世態。並非不關心國事民生。請參閱 去年同題另作如次。

其二

梅雨綿綿下，薰風不解煩。財團謀暴利，政客啓權門。
餓虎神州急，羔羊蓬島惛。蜩螗憂國事，老驥志猶存。

註：餓虎指中國，欲吞臺灣，何其急切；羔羊指臺灣，心昏不明，遲疑不決。

地球負債日〈2016/08/08 於竹園〉

父親節之省思

今年資源「庫存量」，八月八日至底探。
地球負債已難堪，人類豈宜再癡貪。

註：環保組織「全球生態足跡網路」報告，今年迄父親節，人類取之於地球之資源，已達地球全年可負擔或再生之總量。

感懷〈2016/08/16 於竹園〉

年越古稀迂腐嘲，沸羹時局憒憂交。
一中各表施魚笱，兩制同存網雀巢。
素志未酬終不棄，丹心仍在永無抛。
淒淒風雨雞鳴晦，須戒翻江對岸蛟。

聞偉鈞親身之痛有感〈2016/10/05 於竹園〉

心頭血欲滴，近親受兵災。今逾一甲子，回顧有餘哀。

其二

皆道萬惡數戰爭，亙古不絕血淚盈。
心爲惡源身罪藪，再次大戰毀文明。

註：消弭戰爭，促進大同，首重教育，淨化人心。

憶〈2016/11/12 於竹園〉

先親早逝，已逾一甲子

往事塵封久，撫傷煎且熬。雙親離我去，孤雁失群號。
空嘆悲風樹，難禁痛鋸刀。蓼莪篇每讀，哀怙恃劬勞。

河濱散策〈2016/12/20 於竹園，拗句〉

七五老翁攜杖遊，蜿蜒綠水漫長流。
嫵媚青山遠含笑，白雲無語亦悠悠。

仙佛鄰居〈2016/12/21 於竹園，讀莊雜詠一〉

聽王邦雄教授講解《莊子．秋水篇》，謂：「仙是人居山；佛乃非人。」不無感觸，爰綴一絕。

佛修塵世出離人，仙隱山林自在身。
學佛學仙無捷徑，先清三業佛仙鄰。

百合失魂〈2016/12/23 於竹園〉

風狂雨驟斷人魂，連日摧殘拔樹根。
慘霧愁雲嗚咽水，一株蕭瑟月沉昏。

丙申歲暮省思〈2016/12/24 於竹園〉

走火入魔空學詩，徒增口業悔常遲。
早須放下人間世，齊物逍遙宗大師。

人詩一體〈2016/12/29 於竹園〉

讀莊雜詠三

人詩原一體，渾厚本誠眞。率性無雕飾，自然應機神。

丁酉春聯〈2016/12/16於竹園，預擬〉

天順時三陽開泰〈右聯〉
地承運五福臨門〈左聯〉
順時承運人和樂〈橫幅〉
一片生機萬物繁〈結語〉

冬日即事〈2017/01/05於竹園〉

北風對冬陽

朔風呼嘯膽心寒，驚嚇旅人形影單。
忽接冬陽溫藹顧，去衫揮汗客魂安。

註：冬陽喻王道、和平崛起：北風喻霸道、武力崛起。孟子曰：「以力假仁者霸，霸必有大國。以德行仁者王，王不待大」

天朝體制〈2017/01/07 於竹園〉

天子天朝天下間，策封朝貢一連環。
早隨滾滾東流水，破滅浪花難復還。

其二

北辰無復衆星拱，宗主藩屬立平臺。
魯陽揮戈枉費力，天朝天威挽不回。

凌波仙子〈2017/01/12 於竹園〉

河堤戲姝雜詠

凌波蓮步燕飛輕，蝴蝶穿花趁曉晴。
仙子飄飄仙袂舉，春風拂岸笑聲盈。

茶道〈2017/02/12 於竹園〉

陸氏著經盧作歌，東瀛茶道溯源河。
三篇品茗澄心淡，七碗生津潤嗓多。
謙敬調諧人信睦，幽清寂靜境融和。
日常生活成修行，陶冶空靈閒歲過。

註一：〈茶經〉三篇謂：「茶之為用，味至寒，為飲最宜精行儉德之人。」陸羽已對飲茶者提出品德要求，喝茶已不僅是單純滿足生理需要。盧同七碗茶歌史留名。

註二：日本茶道集大成者千利休（1522－1592年）。明確提出「和、敬、清、寂」為茶道基本精神，被稱為日本「茶道四規」。

驚魂記〈2017/03/22 於竹園，02/22 肇事斷臂〉

蟹行經虎口，突進卡車奔。背撞飛彈出，臂痲知覺昏。
夢中驚破膽，疑有未招魂。痛悔天憐憫，餘生報德恩。

臺大畢業五十年聚會〈2017/04/02 於竹園〉

三月十八日海內外七百餘位同學偕眷參加。

驪歌揚起五十秋，重返校園往事悠。
杜鵑啼淚花鮮豔，椰林照眼煙景收。
憶奔教室響傳鐘，青衿學子成老翁。
雖愛朝日霞光麗，尤惜西天夕陽紅。

東北亞風雲〈2017/05/03 於竹園〉

亞太詭譎混沌中，風雲澒洞捲四雄。
核武試爆頻受警，高麗稚犬吠不從。
聯合制裁步調亂，中俄掣肘難竟功。
美韓佈署薩德網，蒼鷹出招守兼攻。
虎熊危疑遭圍堵，項莊舞劍意沛公。
釜底抽薪熟籌策，犬耍核彈禍無窮。

註一：四雄乃高麗犬、大陸虎、北極熊、美國鷹。日韓以美國為主導，故未個別論列。

註二：據報導今年諾貝爾和平獎頒與ICAN，似與北韓核爆有關〔2017/10/6加註〕。

曉起〈2017/05/15於竹園，天籟吟社夏季例會課題詩〉

金烏噴破曉，靈雀噪枝椏。扶杖清溪曠，迎曦翠嶺嘉。
潺湲心澄澈，嫵媚意悠遐。鷗鷺時相伴，煙嵐寄興賒。

註：寄寓，背倚仙跡巖似抱，面朝景美溪如環。

齊柏林〈2017/06/11於竹園〉

福爾摩沙島，西洋歎美哉。斯人空拍後，造物亦憂哀。

註：憂山河破碎，哀齊志以歿。

螢〈2017/08/18 於竹園〉

熠熠飄飄點滅颺，童年歡笑撲追忙。
忽穿永巷趨高閣，更越荒郊過野塘。
往事隨風去無跡，老螢蒙露逝何方。
浮生且作金姑夢，清淨流光繞佛堂。

註：螢火蟲俗稱「火金姑」。

鸚鵡誠〈2017/10/01 於竹園〉

答　偉鈞勸和　圭詮詠昆蟲諸傑作

言乃心聲詩言志，眞情感觸發爲詩。
傚顰學步徒惹笑，狗尾續貂豈相宜。

史明〈2017/11/06 於竹園〉

民視慶祝史氏百歲壽辰，製播「獨立臺灣百年堅持」觀後。

皤皤清癯卻有神，險難畢生豈顧身。
撰明臺史名垂史，四百年來第一人。

丁酉孟冬即事〈2017/11/11 於竹園，天籟冬季例會課題詩〉

川普訪中日韓越菲，出席亞太經合會〔APEC〕峰會與東協〔ASEAN〕峰會有感。

入冬寒氣至，霜髮杞憂盈。亞太風雲緊，臺澎草木驚。
近平謀久遠，川普算精明。刀俎他人手，如何夾縫生。

孟冬即事〈2017/11/11 於竹園〉

呼嘯霜風寒氣生，滿天白鳥事南征。
翺翔北地如圖畫，魂夢縈懷故國情。

賞櫻〈2018/03 吉日於竹園，天籟吟社春季例會擊鉢詩〉

野櫻爛漫早盈眸，堤岸賞花魚貫遊。
料峭春寒風雨後，不堪狼藉不勝憂。

其二

河山春色景清幽，爛漫堤櫻競賞遊。
風雨一場花散落，輕嘆薄命不勝愁。

戊戌春願〈2018/03 吉日於竹園，天籟吟社春季例會課題詩〉

戊戌春回大地醒，自然節奏草青青。
三陽開泰生機暢，五福臨門好德馨。
晴習詩詞宜展卷，雨溫經論可修靈。
家家和睦全臺樂，歲歲平安四海寧。

讀書樂〈2018/03 吉日於竹園〉

讀書之樂樂何如，胸蘊詩文氣自舒。
經典潛心賢聖伴，藏修遊息歲無虛。

羽球天后－戴資穎〈2018/04/01 於竹園〉

優異體能才藝高，羽球世界女英豪。
能征慣戰登峰頂，並濟剛柔勝算操。

淚珠〈2018/05 吉日於竹園〉

愛女有行悲喜半，禮堂步入意茫茫。
未彈珠淚腸先斷，如雨潸然暗自傷。

夏夜〈2018/06/10 吉日於竹園，天籟吟社夏季例會擊鉢詩〉

鑠石炎威逼，宵清鷗鷺逢。興深沉覓句，不覺五更鐘。

苦熱〈2018/06/12 於竹園〉

滔天熱浪望雲時，川澤乾枯草木萎。
靜坐禪堂香一炷，已然入定老僧姿。

遺珠〈2018/07/10 於竹園〉

牟尼珠本覺，清淨妙圓明。迷失何時始，心常晦暗生。

舊夢〈2018/07/10 於竹園〉

小時嬉戲最歡娛，日落西山渾忘軀。
羈旅長年家萬里，夢迴午夜故園蕪。

日曲研習涂班長〈2018/09/15 於竹園〉

黔中才媛最嬌嬈，漫舞輕歌擺柳腰。
落落大方人望得，春風吹拂眾愁消。

己亥春聯〈2019/01/05 於竹園〉

近日略涉佛法，嘗試修行，爰名寄寓「竹園精舍」。

清淨竹園修智慧〈右聯〉
莊嚴精舍養慈悲〈左聯〉
悲智雙運〈橫幅〉
皈依大乘菩提道
世世生生永不離

留春〈2019/02/10 於竹園，天籟吟社春季例會課題詩〉

九十韶光興正酣，萋萋芳草綠於藍。
穿花蛺蝶遊堤岸，點水蜻蜓戲野潭。
青帝若宜長駐駕，柳條不必挽歸驂。
蓬萊四季如春好，且喜無須憂再三。

仙禽心聲〈2019/03/14於竹園〉

回應日歌曲班對於丹頂鶴之讚賞

仙禽丹頂鶴，保護地爲家。食物無憂慮，仍懷舊歲華。

蟬的回歸閱後〈2019/03/21於竹園〉

見日出頭三十天，潛藏地下十多年。

輪迴六道無央劫，慧命恆存蛻化蟬。

日本新元號「令和」出爐有感〈2019/04/01初稿於竹園〉

「令和」出典於萬葉集

日本更年號，出爐祥瑞氛。和風迎淑氣，令月頌卿雲。

梅粉清平佈，蘭香長治薰。早春新紀啓，薄海慶歡欣。

夏蹤〈2019/05/20 初稿於竹園，天籟吟社夏季例會課題詩〉

春去何其速，驕陽高照炎。蟬鳴清曉急，蛙鼓暮昏添。
梅雨方臨戶，荷香已入簾。天然交響樂，造化彩圖兼。

桐花〈2019/06/09，天籟吟社夏季例會擊鉢詩〉

五月桐花吹雪疑，隨風飄落徑紛披。
踏青歸去香清淡，意醉神迷漫詠詩。

試茶〈2019/08/20 於竹園，天籟吟社秋季例會課題詩〉

月映疏簾暑氣嚴，親朋烹茗笑杯銜。
龍芽解渴精神爽，雀舌含唇鬱悶芟。
七碗苦甘嚐世味，一爐冷暖識塵凡。
幾甌相對談時局，漸落長河口未緘。

觀反送中情勢〈2019/08/10 初稿於竹園〉

僵持爆發點，香港反送中。台灣非隔岸，身切唇齒同。

文山四金釵〈2019/11/02 於竹園〉

黃鶯出谷才，何處四金釵。志趣相投合，金蘭結義來。

邀飲〈2019/11/18 於竹園，天籟吟社冬季例會課題詩〉

竹園鷗鷺集，日暮樂融融。燈下評時局，樽前論世風。
香江祈治久，鯤島望安同。塵事繁霜鬢，何由慰寸衷。

註：五六兩句互文

庚子春聯〈2019/11/26 於竹園〉

近讀「華嚴奧旨妄盡還原觀」有感

清淨圓明觀自性〈右聯〉
慈悲平等見如來〈左聯〉
果滿行成正覺開〈橫幅〉
修因願往彌陀刹

冬景〈2019/12/08，天籟吟社冬季例會擊鉢詩〉

水結霜凋木，號空徹骨飆。峰巒烟霧罩，松柏向陽翹。

磁瓶銘〈2019/12/15 於竹園〉

未經火鍛鍊，黏土塑成瓶。遇水溶化去，日曬龜裂形。
焠煉成瓷器，水火不變型。修行亦如此，成佛長劫經。

敬賀葉顧問世榮米壽華誕〈2020/01/24 除夕於竹園〉

今登米壽社齡尊，天籟元音碩果存。
自牧謙沖君子仰，恆升日月柏松繁。

同舟共濟〈2020/02/15，天籟吟社春季例會課題詩〉

武漢三城雖已封，疫情擴散卻前衝。
全球病例遙聞恐，大陸死亡傳報凶。
護衛人民誠可感，屈從政治實難容。
飄搖風雨和衷濟，破浪天晴百代宗。

草莓〈2020/03/08，天籟吟社春季例會擊鉢詩〉

花開潔白果紅勻，鮮豔晶圓甜罕倫。
甘美品嘗人盡樂，誰憐日曬雨淋辛。

貳、琴瑟合鳴集

仙跡巖〈2014/10/27 於竹園〉

內人頃於三千教育中心習作古典詩，首度學作七絕，任擇台北近郊勝景一處為題，韻限七陽，爰亦陪作一首，聊表伴讀之意。

跡留古廟著風光，靈氣獨鍾雲樹香。
絕景蓬萊曾遍歷，夢魂惟戀此巖蒼。

贈菅野信子〈2014/12/23 於竹園〉

菅野女史與內子僅高一時同班，淡交如水，持續五十年，兩人均頗珍惜。代擬內人漢詩作業稿，供參。

筆硯相親惟一秋，天涯暌違憶同遊。
偶歸鄉梓推知己，骨肉情逾古誼稠。

華道〈2014/12/08 於竹園〉

內人習作七絕，限一先韻，自訂〈花道〉為題，乃試擬一稿，供參。

醉癡花道久經年，念念調和人地天。
裁出一盆堪悅目，誠心誠意供神前。

華道〈2014/12/08 於竹園，內人之作〉

沉潛花道十餘年，最重修裁法自然。
作品馨香呈父母，賞心悅目供靈前。

乙未迎春〈2015/02/28 於竹園〉

內人寒假作業，伴讀陪作。

青山欲語花舒笑，綠水含情鳥悅鳴。
大地生機春興發，漫賒風月任虛盈。

乙未迎春〈2015/02/28 於竹園，內人之作〉

大地甦醒草木榮，枝頭喧噪雀呼晴。
春來萬物生機動，觸發詩心無限情。

櫻花〈2015/03/10 於竹園，修改內人習作〉

春光和煦舍窗明，照眼盛開堤上櫻。
最喜飄香眞爛漫，心隨前線故鄉征〈註〉。

註：日本國土南北狹長，春天櫻花隨氣溫，由南往北，一線排列，逐漸盛開，故稱櫻花前線。

吟唱有感〈2015/03/22 於竹園，內人習作，同題示範〉

自然吟調稱心遊，高遏行雲低水流。
白雪陽春隨興發，陶然自得復奚求。

吟唱有感之二〈2015/03/22 於竹園〉

春鶯百囀不希求，悅志酣情任意遊。
閒詠堤間鳴鳥和，潺潺流水共悠悠。

吟唱有感〈2015/03/22 於竹園，內人之習作〉

高低平仄費心求，氣發丹田小腹收。
吟唱堤間鳴鳥伴，潺湲流水亦悠悠。

國家闈場〈2015/04/12 於竹園〉

內人習作，題為街景，限七絕十灰韻。寄寓試院里，爰訂此題，擬稿供參。

假日闈場人湧來，競爭鐵碗拚英才。
焚膏溫卷當年事，午夜依稀夢裡迴。

國家考場〈2015/04/12 於竹園，內人習作〉

週末考場人湧來，爲求鐵碗競英才。
當年聯考驚惶事，夜半依稀腦際迴。

晴春〈2015/04/19 於竹園，供內人習作參考〉

陰雨綿綿不放晴，好春僅只是空名。
但教方寸常舒坦，氣暢風和天朗清。

註：人身即是小宇宙。

晴春〈2015/04/22 於竹園，內人習作〉

清晨鵲噪夢中醒，信步河濱草色青。
友伴漫聊閑趣樂，歸途浴日豁心靈。

春雨〈2015/05/03 於竹園，供內人習作參考〉

潤物如膏南北同，桃妖柳媚淺深融。
東皇不負蒼生望，救旱蘇民兆歲豐。

春雨〈2015/05/05 於竹園，內人習作〉

細雨綿綿三月中，葉鮮花艷綠間紅。
知時救旱除民困，皆歎東皇造化功。

鳳梨酥〈2015/05/16 於竹園，供內人習作參考〉

波羅絕品出名家，酥化餘馨留齒牙。
出國旅遊常伴手，蓬萊特產實堪誇。

鳳梨酥〈2015/05/19 於竹園，內人習作〉

金黃逸品競相誇，入口酥融香齒牙。
載譽東瀛設分店，蓬萊名產又何加。

夏日即事〈2015/05/31 於竹園，供內人習作參考〉

薰風習習伴羲皇，高臥北窗吟詠長。
一卷南華渾坐忘，焉知塵世有炎涼。

紅綠嵌四〈2015/09/10 於竹園，供內人習作參考〉

蓁蓁葉綠非濃豔
灼灼花紅有淡香

其二

浥露桃紅偏悅目
含煙柳綠卻迷人

紅綠嵌四〈2015/09/10 於竹園，內人習作〉

山中樹綠繁榮發
江上花紅爛漫開

贈友人〈2015/09/20 於竹園，供內人習作參考〉

同到娑婆猶作客
相逢剎那竟投緣

中秋懷遠〈2015/09/22 於竹園，供內人習作參考〉

迢迢魂夢歸鄉梓
皎皎玉輪臨故人

中秋懷遠〈2015/09/27 於竹園，內人習作〉

長夜夢魂歸故里
一輪明月照伊人

中秋懷遠〈2015/10/02 於竹園，內人習作〉

扶桑東望碧天垠，海畔茫茫客恨新。
長夜夢魂歸故里，一輪明月照伊人。

贈同道共修〈2015/10/02 於竹園，供內人習作參考〉

百千萬劫幾迴輪，浮木盲龜爪上塵。
應覺娑婆暫爲客，百年刹那夢中身。

註：人身難得，百年如夢，更須惜緣精進，藉假修真，明心見性，超脫輪迴。

自勉自詠〈2015/10/04 於竹園，供內人習作參考〉

魚躍龍門須蓄勢
人生淨土必修心

其二

幾世沉潛熟機日
瞬間飛躍化龍時

自勉自詠—鮭魚返鄉〈2015/10/09 於竹園，供內人習作參考〉

逆流不斷驚魂魄
回憶無窮忘苦辛。

自勉自詠—鮭魚返鄉〈2015/10/10 於竹園，衍生習作〉

涉越鯨波豈顧身，欲歸產卵母河濱。
逆流不斷驚魂魄，回憶無窮忘苦辛。

竹園閒居〈2015/10/28 於竹園，供內人參考〉

內人習作對聯，老師出句，「連朝山貌因雲秀」；代擬對句，「一夜波光映月明」，意有未盡，補綴五律一首。

旦登仙跡曠，暮步景溪清。山貌因雲秀，波光映月明。時欣花暢笑，常悅鳥愉鳴。鷗鷺晨昏伴，煙霞每寄情。

註：寄寓，背倚仙跡巖，面朝景美溪。

台北總站〈2015/10/30 於竹園，供內人參考〉

交通輻輳轉車稠，擴往熙來潮水流。倉卒之間乘錯線，誤時誤事恨長留。

註：涉事猶如乘列車（火車、高鐵、捷運），關鍵（轉乘）時刻慮需周。

公館站〈2015/11/03 於竹園，供內人參考〉

昔日公車大學前，改成公館舊名湮。今通捷運街容變，見證滄桑幾十年。

註：當年上臺大，公車站名為大學前。

臺大傅鐘〈2015/11/14 於竹園，供內人參考〉

高掛鐘樓瞰校園，金聲發聵響晨昏。
自由力倡開風氣，傅老遺音木鐸存。

木柵動物園〈2015/11/18 於竹園，供內人參考〉

座落文山生態優，珍禽異獸集全球。
幼兒雀躍貓熊館，我返童心亦忘憂。

台北古城〈2015/12/06 於竹園，供內人參考〉

百年雉堞已無痕，想像徒勞剩四門。
景福幸存迎旭日，寶成惜杳悵黃昏。
城堅豈挽清軍敗，郭固仍遭日寇吞。
見證滄桑亙三代，斜陽依舊照承恩。

註：五座城門〔樓〕，西門已廢；東門〔景福門〕、南門〔麗正門〕、小南門〔重熙門〕三座僅存城門；惟北門〔承恩門〕保有城門及門樓之原貌。三代即滿清、日本、民國三朝代。

歲末回顧　副題「習作古典詩有懷」〈2016/01/05 於竹園，供內人參考〉

匆匆乙未感懷多，最憶作詩徒琢磨。
禿筆書空添白髮，情深無悔事吟哦。

近事有感〈2016/03/05 於竹園，供內人參考〉

其一、評國民黨黨產

悖入公私不義財，天人怒怨積成災。
燙紅山芋燒焦栗，應悔當初巧奪來。

其二、哲學之樹〈2016/03/08 於竹園，供內人參考〉

北海道美瑛町，每年約有 180 萬觀光客，一白楊樹，作側首沉思狀，爰有「哲學之樹」之雅號，人氣頗盛，留照人多，踐傷作物，屢經勸阻無效，農家萬分無奈，揮淚砍樹。

側首沉思一白楊，名聞遐邇斧斤傷。
此心耿直無遺憾，願作屈原祠廟樑。

春草〈2016/03/19 於竹園，供內人參考〉

春回大地草離離，一片生機雨霽時。
照映朝陽油綠綠，欣然自得是吾師。

春草〈2016/03/21 於竹園，內人之作〉

河堤閒步趁天晴，春草離離照眼明。
一片欣欣鮮綠意，歸來氣爽豁心情。

相撲千秋樂〈2016/03/28 於竹園，供內人參考〉

橫綱對決樂千秋，換步移宮出詭謀。
四起噓聲飛坐墊，徒滋後悔恨悠悠。

註：大阪場所千秋樂末日，白鵬與日馬富士二橫綱對決，白鵬求勝心切起步交手瞬間，立即閃開；對方撲空，致遭敗戰。全場噓聲不絕，解說員亦表不滿，蓋大違相撲日本國技，心體技並重之精神。面對解說員優勝感想之訪問，白鵬竟泣不成聲，似頗悔恨。

橫綱相撲貴風格〈2016/03/30於竹園，內人之作〉

橫綱對決千秋樂，取勝投機不正常。
贏得譁然聲四起，白鵬應悔恨方長。

春色〈2016/04/05於竹園，供內人參考〉

明媚風光景物妍，夭桃綻笑柳含煙。
狂蜂痴蝶聯翩舞，蓬勃生機總自然。

春色〈2016/04/05於竹園，內人作品〉

啼鳥枝頭擾我眠，清晨閒步到溪邊。
桃紅柳綠春明媚，留戀風光酣醉然。

詠鑑真大和尚〈2013/11/01於竹園，2016/04/19提供內人參考〉

鑑眞和尙鑑眞誠，匹亞達摩華夏征。
多少犧牲多少淚，爲傳戒法渡東瀛。

詠鑑真大師〈2016/04/19於竹園，修改內人稿〉

大師傳戒渡扶桑，不惜犧牲帆六揚。
確立律宗弘佛法，唐招提寺耀輝光。

註一：六次東渡，歷經12載，終於753年抵日本薩摩，目盲高齡65歲。
註二：奈良唐招提寺，係大師仿唐朝長安招提寺〔已無存〕而建造，為律宗總本山，已歷1200多年。

忠犬八公〈2016/05/13於竹園，供內人參考〉

澀谷傳奇犬八公，十年守候雨兼風。
滄桑世事雲煙過，惟念深恩上野翁。

註：忠犬八公〔1923－1935〕。1924年東京帝國大學農學部教授上野英三郎，飼養該犬，取名為「八」，每天八公在門口送上野上班，傍晚到澀谷站迎接主人下班，1925年5月上野因病猝死，八公依然到澀谷等候主人，直到1935年3月病死。

北海福座〈2016/05/28於竹園，供內人參考〉

三芝臨北海，福座翠微間。祖德親勞瘁，思之淚自潸。

註：北海福座，乃寄存雙親靈骨與供奉祖宗神位處。

北海福座〈2016/05/30於竹園，供內人參考〉

三芝濱北海，座落碧山中。孺慕清明切，春暉寸草同。

山行〈2016/07/12於竹園，供內人參考〉

夏日登訪陽明山竹子湖

扶筇遊碧嶺，四顧翠微橫。花事隨春寂，蟬聲悅晝晴。
盤桓林樾久，留戀晚霞明。心曠襟懷暢，歸途皓月迎。

夏日午後〈2016/08/06 於竹園，供內人參考〉

蟬鳴樂奏日當空，唱和清吟虛室中。
坐愛竹陰風習習，溪聲入耳暑消融。
註：寄寓竹園，背倚仙跡巖，面朝景美溪。

寶可夢〈2016/09/05 於竹園，供內人參考〉

風靡全台覓寶忙，中青老少近瘋狂。
手機遊戲休沉溺，傷損靈窗後悔長。

精靈寶可夢〈2016/09/06 於竹園，內人詩稿〉

手機尋寶近癲狂，未得精靈魂已亡。
街上夢遊如木偶，不知歸路在何方。

懷文橋日語黃春美老師〈2016/09/27於竹園，供內人參考〉

明〔28〕日孔子聖誕教師節

三高台北出名門，絕代芳華灌圃園。
日語文橋一枝秀，三千桃李綠陰繁。

註：而立之前，創文橋日語，特法速成，一枝獨秀。

懷文橋日語黃春美老師〈2016/09/27於竹園，內人作品〉

三高台北出名門，創立文橋絳帳溫。
培育英才難計數，溝通台日典型存。

自行車〈2016/11/05於竹園，供內人參考〉

二輪旋轉疾如風，四處遨遊輕似驄。
欲止欲行隨己意，逍遙自在任西東。

自行車〈2016/11/06於竹園，內人之作〉

隨心所欲二輪輕，四處遨遊自在行。
最愛春光明媚日，河堤馳騁好風迎。

南韓早春圖〈2016/12/04於竹園，供內人參考〉

辛巳，余奉調駐韓經參處，寄寓房東，贈畫一幅，淡雅有致。

大塊惺忪初醒來，野花羞赧數枝開。
翩翩蝶舞蟲聲悅，一片生機衆妙該。

景美溪畔鳥伴奏〈2016/12/15於竹園，供內人參考〉

迎曦拄杖景溪邊，長嘯低吟酣醉然。
禽鳥枝頭來伴奏，不知塵世是何年。

秋櫻思親〈**2016/12/21**於竹園，內人詩稿〉

一曲秋櫻慰寸衷，低吟月下最情融。
長年異國家千里，迴盪聲中魂夢通。

寒流〈**2017/01/08**於竹園，供內人寒假作業參考〉

一波冷甚一波飆，禽鳥悽悽草木凋。
凍地冰霜嚴刺骨，欣欣松柏弄青條。

寒流〈**2017/01/08**於竹園，內人寒假作業〉

朔風凜洌雨連朝，禽鳥悽悽草木凋。
刺骨嚴冬霜凍地，歲寒三友擁青條。

電視機〈2017/01/29 於竹園，供內人參考〉

瑩屏似魔鏡，萬象影音開。宛轉清歌亮，婆娑豔舞迴。
人間猶戲劇，世事若塵埃。幻景皆爭睹，誰知水月臺。

註：世事無常，無明執著，輒起煩惱，煩惱若塵埃。

茶酒〈2017/03/10，供內人習作參考〉

淺嚐醇酒多高士
細品新茶每雅人

其二

共啜清茶堪解悶
獨傾濁酒不消愁

其三

對雨烹茶宜闊論
臨風把酒可高歌

聯對〈2017/04/02 於竹園，供內人習作參考〉

多變〔反覆〕人情知己少
無常〔滄桑〕世事感懷多

其二

當年勵志雄圖遠
今日修心境界高

聯對〈2017/04/16 於竹園，供內人參考〉

都市景觀

尖峰狀態車潮湧
長假期間路面寬。

其二

東邑高樓迎旭日
西郊峻嶺送斜暉

冠首〈2017/04/28於竹園，供內人參考〉

武聖關岳合祀

聖德民間歌盡義
武功史冊頌精忠

冠首〈2017/04/30於竹園，供內人參考〉

定光寺

定力潛修禪智慧
光輝普照佛慈悲

初作擊缽有感〈2017/05/30於竹園，供內人參考〉

心如螞蟻處鍋中，意緒紛飛亂絮同。
見肘捉襟空嘆息，萬金願學八叉功。

路〈2017/07/04 於竹園，供內人參考〉

人生一條路，水複又山重。風雨如何度，隨緣豁意胸。

路〈2017/07/10 於竹園，供內人參考〉

詩仙談蜀道，險峻至難行。且看塵間路，喟然悲嘆盈。

瓢蟲〈2017/09/10 於竹園，供內人參考〉

金龜圓頂形似瓢，彩色斑斕媚百態。
日本稱爲天道蟲，主題動畫衆人愛。

蟬〈2017/09/27 於竹園，供內人參考〉

飲露居高枝，聒噪朝至暮。問君急何因，豈有不平訴。

筆〈2017/10/24 於竹園，供內人參考〉

紫毫竹管看尋常，脫穎一朝驚劍芒。
詩史心懷杜工部，春秋筆法永留芳。

筆〈2017/10/24 於竹園，供內人參考〉

一管生花彩色毫，妝臺不置畫眉毛。
隨身如劍行塵世，掃蕩妖氛志節高。

毛筆〈2017/10/24 於竹園，修改內人詩稿〉

握管毛端濡墨流，調和濃淡運剛柔。
揮來氣貫神凝聚，書法精研老樂修。

城居雜詠〈2017/11/06 於竹園，供內人參考〉

大廈同居陌路呈，點頭微笑不知名。
久懷六甲渾無覺，鄰戶忽傳嬰哭聲。

城居雜詠〈2017/11/06於竹園，內人詩稿〉

同樓隔壁陌生人，見面招呼交未親。
鄰婦何時懷六甲，忽聞嬰哭大清晨。

聯對試作〈2017/12/02於竹園，供內人參考〉

上句：衣冠薈萃三千客
對句：甲子循環六十年

其二

上句：衣冠薈萃三千客
對句：星月交輝無盡年

其三

上句：衣冠薈萃三千客
對句：琴瑟和鳴六十春

其四

上句：衣冠薈萃三千客
對句：天地生成億萬年

母親節有感〈2018/05/15於竹園，試作供內人參考〉

一束鮮花供佛前，虔心默誦蓼莪篇。
扶桑東望親何在，寸草春暉魂夢牽。

遺珠〈2018/07/10於竹園，供內人參考〉

牟尼珠本覺，清淨妙圓明。迷失何時始，心常晦暗生。

舊夢〈2018/07吉日於竹園，供內人參考〉

小時嬉戲最歡娛，日落西山渾忘軀。
羈旅長年家萬里，夢迴午夜故園蕪。

新秋〈2018/09/10 於竹園，試作供內人參考〉

一葉桐飄暑氣舒，匆匆白露憶鮭魚。
溯河破浪歸原岸，天涯倦客歎不如。

註：故鄉釧路，入秋鮭魚歸母河產卵。

新秋〈2018/09/10 於竹園，內人之作〉

天高氣爽漸涼風，白露橫江明月中。
每憶鮭魚衝浪返，歸鄉心切夢魂同。

題畫詩：稍歇片刻，宜蘭漁船〈2018/10/08 於竹園，供內人參考〉

白浪滔滔意氣揚，宜蘭外海大漁場。
暫歸卸貨羅東港，明日長驅越遠洋。

題畫詩：稍歇片刻，宜蘭漁船〈2018/10/08於竹園，內人之作〉

港岸漁船片刻休，宜蘭出海大豐收。
男兒撒網輕風險，破浪飄洋萬里舟。

重回高中母校〈2018/11/20於竹園，內人之作〉

揚起驪歌五十秋，重回母校興偏幽。
青衿學子年華逝，慨歎滄桑憶舊遊。

參、學佛修道集

答常嘉法師聖嚴書院課題「你的法鼓山在那裡」〈2011/12/10 於竹園〉

問余何在法鼓山，斯問偉哉非等閒。
獨耀靈光猶皓月，一輪皎皎照松間。

持戒偈〈2013/09/27 於竹園〉

原想不持戒，可免持戒苦。仔細再思量，寧願持戒苦。
註：佛入滅時告誡弟子，以戒為師，以苦為師。

佛陀之叮嚀〈2013/10/06 於竹園〉

浮木盲龜爪上塵，千年闇室曙光珍。
人身佛法逢今世，豈可茫茫業海淪。

觀荷偶得〈2013 夏日初稿，10/09 修正於竹園〉

拄杖閒塘漫數花，濯漣香遠玉無瑕。
觀荷偶悟超三界，坐忘雲空日已斜。

註：蓮花，出淤泥〈欲界〉，濯清漣〈色界〉，耀光波〈無色界〉，播遠香，還太虛；猶學佛者，修無漏〈戒、定、慧〉，淨三〈身、口、意〉業，脫三〈欲、色、無色〉界，趣菩提，登正覺。

學佛修行要訣〈2013/10/25 於竹園〉

皈依三寶涅槃安，願發菩提無量寬。
世世勤行菩薩道，雙修福慧有餘歡〔註〕。

註：法喜有餘也

詠鑑真大和尚〈2013/11/01 於竹園〉

鑑眞和尙鑑眞誠，匹亞達摩華夏征。
多少犧牲多少淚，爲傳戒法渡東瀛。

迎旭齋心文〈2013/11/05 初稿於竹園，隨時更新〉

清晨閒步齋心

南無阿彌陀佛　無量光　無量壽　蓮花托生　欣欣向榮

〈發願因地〉

佛性圓滿　本自具足　心佛一體　明心見性

〈念佛不亂　往生淨土〉

滌除三毒　清淨三業　脫胎換骨　喜獲重生

〈修三無漏　履八正道〉

怡養天年　滋長慧命　福慧兼修　行解並重

〈自覺覺他　行菩薩道〉

現般若智　發菩提心　行菩薩道　生生世世　迄於永恆

〈證果圓滿〉

修三無漏治三毒〈2013/11/14 初稿於竹園，隨時更新〉

淡化滋味　昇華痴情　持戒克貪　安度慈航
疾言厲色　妄動肝火　習定制瞋　風平浪靜
無常無我　隨緣不住　修慧治癡　超脫死生
三毒清除　和顏愛語　布施微笑　惜福感恩

戒法與時空適應〈2013/11/15 於竹園，七古〉

流水澄澈順時空，盈科而進圓方同。
冬凝春泮有涸溢，戒法何曾未融通。

修慧貫三道〈2013/12/10 初稿於竹園，隨時更新〉

元亨利貞　誠正中和　修慧法天　參贊化育
無常無我　隨緣不住　修慧見性　趣向正覺
大道不稱　大勇不忮　修慧體道　天府葆光〔註〕

註：天府，乃天上府庫，奧藏萬物。修慧體道，無心沖虛，猶如天府，淵深似海，「注焉而不滿，酌焉而不竭」。葆光，乃藏其光而不露，請參《莊子齊物論》。

隨長安詩社社友再訪法雨寺妙湛上人〈2006/04/30 初稿於竹園，2007/08/06 修改〉

暮春山麓繞翠煙，隨喜鷗朋訪僧賢。
鶴髮龐眉步履健，聲若洪鐘活金仙。
禪房就座話前事，重霑法雨隔八年。
開示如何脫生死，當體無常莫遲延。
茹素念佛入三昧，方能托生九品蓮。
慈雲廣佈降甘露，社友讚嘆獻詩篇。
啓開僧俗互對話，各出機鋒扣心弦。
口耳聞問非學問，自修自證方眞詮。

濁世滄桑幻似夢，今聞獅吼始豁然。
道風一吹烏雲散，靈臺清澈俗慮蠲。
鷲嶺歸來復疑惑，三毒薰染世網牽。
累世無明積宿業，鈍根如何出塵緣。

法雨寺住持妙湛上人告別式〈**2007/08/06 於竹園**〉

去年猶憶謁禪堂，談笑風生法雨涼。
此日莊嚴追悼裡，萬緣放下返西方。

誦讀佛經有感〈**2009/06/15 於竹園**〉

長年積雪凍冰陰，累世無明罪障深。
喜獲甘霖春水暖，潺潺解泮滌吾心。

退董式禪問答〈2011/04/16於橫濱市鶴見曹洞宗大本山總持寺〉

清穆和熙肅大廳，震聾一瞬觸雷霆（註）。
須臾喝答猶獅吼，灌頂醍醐醒眾靈。

註：4月16日11時大道禪師退冠式鳴鐘未久，僧眾與禪師正欲問答之際，突然雷霆霹靂，大殿激烈震盪，全場屏息凝神，彷彿神佛降臨，警示迷頑眾生，時間湊巧，不可思議。經查橫濱外海發生5級強震。

問蓮〈2012/05/20於竹園，天籟吟社壬辰夏季詩會課題詩〉

瀲灩波光裡，亭亭出水中。清香周子愛（註一），淨業遠公崇（註二）。
常抱三心切（註三），深觀五蘊空（註四）。西方開九品（註五），法性幾時通。

註一：周敦頤是宋朝理學家，其「愛蓮說」一文，為世人傳誦。

註二：慧遠為晉代高僧，住廬山東林寺，率眾成立「白蓮社」，於阿彌陀佛像前宣誓，同修淨業，著「法性論」，唱涅槃長住之說，後世奉為蓮宗初祖。

註三：觀無量壽經曰：「一者至誠心，二者深心，三者迴向發願心，具三心者，必生彼國」。彼國即極樂世界，阿彌陀佛國。

註四：五蘊乃佛教之概念，代表構成宇宙萬物及人之生命的五個要素，即是色、受、想、行、識。五者均時刻變化、流轉、空無自性。

註五：極樂世界蓮花分九品，往生者依善根福德因緣而有品位之別。

養病新生三要有序〈2013/02/28於竹園〉

2月21日凌晨腹部劇痛，由救護車送慈濟醫院急診處，斷層掃瞄顯示12指腸潰瘍引發腹膜炎，隨即接受手術。26日廖茂松伉儷來探病，夫人贈以證嚴上人養病新生三要。

正常生活省慌忙，日誦觀音慧命長。
世世勤行菩薩道，此心清淨北窗涼。

註：三要，一、生活正常 二、日誦觀音經一部 三、許一大願

學佛修道心要〈2013/03/16 修正詩題於竹園〉

皈依三寶涅槃安，任運自然風月寬。
習氣滌清還赤子，未咳未兆此心觀。

乙未新春祈願兼省思—如何於今世奠定了脫生死之基礎

〈2015/01/18 於竹園〉

壹、祈禱靈修，道交感應
貳、薰習般若，同道共修
参、落實佛法，體驗生命
肆、安時處順，了脫生死

壹、祈禱靈修，道交感應：

每天清晨，靜坐默禱，觀想神佛，佛性靈性，生命能源，流注生命，滋養生命。依序觀想，智慧、慈悲、意志力、大調和心，滋養生命。並發心願，爲人間淨土之建設，衆生之度脫，奉獻生命，使個人小生命滙入宇宙大生命生成化育之源流。〔如生命感恩祈願文、神佛涵義。〕

生命感恩祈願文〈2013/03/01 腹膜炎治癒後於竹園〉

2月21日凌晨腹部劇痛，救護車送慈濟醫院急診，斷層掃瞄顯示12指腸潰瘍引發腹膜炎，隨即接受手術。因感無常悄逼，佛恩浩蕩，爰作此文，清晨靜坐，祈禱觀想，砥礪精進。

創造天地生成萬物之宇宙神〔根源佛〕！
承傳道統之至聖先師！
體證大道之太上老君！
救贖世人之基督！
濟度衆生之佛陀！
請賜與佛性、靈性、生命力！神佛無限佛性、靈性、生命力不斷地流入我的生命，充實著我的生命，滋養著我的生命。我已不是我的生命在活著，而是神佛的生命在我的身上活著。我的小生命已融入宇宙大生命，渾然一體。我衷心感恩、感恩、再感恩！「神識、慧命、靈魂永恆」(註)

註：阿賴耶識、中陰身、神識、慧命，乃隨業消長轉化之動態靈魂，與宇宙根源之精神體，直接連通。

請賜與智慧！神佛無限之智慧不斷地流入我的生命，充實著我的生命，滋養著我的生命。使我徹悟宇宙人生之眞理，體證大道，現般若智，發菩提心，領航生命，學文殊菩薩與維摩詰菩薩。我衷心感恩、感恩、再感恩！「眞、智、知」。

請賜與愛心！神佛無限之愛心不斷地流入我的生命，充實著我的生命，滋養著我的生命。使我與天地萬物，有生命共同體之感，慈悲喜捨，濟利眾生，行菩薩道，豐富生命內涵，學觀音菩薩與大勢至菩薩。我衷心感恩、感恩、再感恩！「善、仁、情」。

請賜與意志力！神佛無限之意志力不斷地流入我的生命，充實著我的生命，滋養著我的生命。使我信心堅定，意志堅毅，邁菩薩道，上求佛法、下化眾生，深化生命內涵，學普賢菩薩與地藏王菩薩。我衷心感恩、感恩、再感恩！「誠、勇、意」。

請賜與大調和心！神佛無限之大調和心不斷地流入我的生命，充實著我的生命，滋養著我的生命。使我知情意平衡和諧發展，安祥自在，柔和自然；沐浴法喜，穩步菩薩道；誠正中和，參贊化育；醇化生命，臻於圓熟，師法東西四聖。我衷心感恩、感恩、再感恩！「美、聖、和」。

謹願

遵循宇宙神佛之意旨！

師法東西四聖之精神！

信願念佛，往生極樂，現般若智，發菩提心，行菩薩道，生生世世，迄於永恆，爲人間淨土之建設，衆生之度脫，奉獻生命，使個人小生命滙入宇宙大生命生成化育之源流。我衷心感恩、感恩、再感恩！〔附祈禱歌〕

祥雲居士　謹識

祈禱歌〈2015/01/28 於竹園，隨時修正〉

一、凡有人心勞苦　就祈禱主彌陀　祂〔伊〕極慈悲常看顧
來祈禱祂　來祈禱祂　祂有恩典眞豐厚〔富〕

二、阮有依靠就是彌陀　赦阮罪譴與苦楚
攏是因爲祂的愛護　使阮安樂無煩惱〔憂〕

三、你我有時失去安慰　忙碌世情受連累
　　攏是爲著俗事掛慮　不肯常常祈禱主〈祂〉

註：歌詞係修改聖歌而成，〝祂〞讀作〝伊〞，用閩南語白話音吟唱。
　　各段末句，括號內字，供第二遍吟唱用。

神佛涵義〈2013/04/12 初稿於竹園，隨時修正〉

宇宙神〈根源佛〉係指創造天地，生成萬物之宇宙根源精神體，其本質乃是靈〈佛〉性，超乎宇宙之上，充塞天地之間，存乎萬物之內，無始無終，無處不在，無限無盡。其特性包含智慧般若「眞、智、知」，愛心慈悲「善、仁、情」，誠願意志「誠、勇、意」，和諧圓滿「美、聖、和」。當一個人，靈臺明澈，虔誠敬畏，即可與祂，心靈溝通。祈求、禱告、禮佛、拜懺、念佛、誦經、靜〈禪〉坐、持咒…等乃是通往祂之直截管道；自然無心，邁向智慧、愛心、誠正、和諧之道，即與祂同在。世界各大文明，因時空環境，文化背景，個別差異，對祂有不同之體認、闡述及稱謂：即一神教之聖靈，其人格化乃稱，神、上帝、眞主、耶和華、阿拉；佛教之佛性（法性、眞如），其人格化乃是佛；道教之道，其人格化乃稱，玉皇大帝；儒家之天、天道、天理；道家之道、常道、眞道、天道。俗稱天理良心。

貳、薰習般若，同道共修：

阿羅漢證得涅槃，解脫關鍵，繫於般若；三世諸佛，皆依般若，修證成佛（般若心經，金剛經依法出生分第八）。般若智慧，佛法核心，務必薰修。學習佛法，薰修般若，首重師門。良禽擇木，賢士擇主，愼選宗門，修習正法。（法鼓山）

薰習般若，聞經讀經。選擇自己，感應經典，佛學爲主，以般若心經、金剛經、六祖壇經等「性空般若系」爲核心，尤須精讀；「虛妄唯識系」，「眞常如來藏系」經典，亦須涉略；倘有可能，兼及儒道經典。蓋心經講緣起性空，即佛陀菩提樹下之大覺，爲了脫生死，究竟成佛之根本，闡述「空」義，最爲徹底；金剛經亦然，講一切有爲法，如夢幻泡影，故應「無住生心」，不起執著，而生菩提心，無相度衆生。總之，薰習讀經，當以「了脫生死，究竟成佛」爲指歸，由般若等大乘經典入手，熟讀深思，直趨佛法根源，眞積力久則入，一旦豁然貫通，明心見性，期能如六祖大師之體悟，萬法不離自性，本不生滅，本自具足，自性能生萬法（行由品第一），與孟子之言：「萬物皆備於我矣，反身而誠，樂莫大焉」（盡心上），異曲同工。假以時日，知行合一，信解行證，乃是薰習般若之正道。

同道共修，獨學無友，孤漏寡聞，以文會友，以友輔仁，古有明訓。佛法哲理，般若經論，博大精深，獨力鑽研，固不可缺，尤須共修。擇一道場，長期定期，經常共修，始能確保，熱力不斷，道心不退，收效較大。（法鼓山文山道場）

參、落實佛法，體驗生命：

日常生活，落實佛法；並用生命，體驗佛法。落實佛法，個人首重，禪淨合修。隨時留意，念佛攝心，止觀常定，自性內照，滌除三毒，清淨三業，提升靈性。提醒自己，發菩提心，行菩薩道，四攝六度，慈悲濟眾（附六度法要）。每日早課，默禱迎旭齋心（如附文）外，默誦讚佛偈，三皈依，迴向偈，楊枝淨水讚，懺悔偈，四弘願，法鼓山四眾共勉語，般若心經，八大人覺經，六祖壇經無相頌〈疑問品第三，附原文加按語〉。晚課，經常誦讀，阿彌陀經，無量壽經第六品〈四十八願〉，第三十二至三十七品，及觀世音菩薩普門品。在家修行，讀書吟唱，爲文作詩，旨在追求，眞善美和，純化氣質，淨化業力，提升心靈。行住坐臥，事無大小，常依佛法，作爲指導，臨餐則食存五觀，感恩萬物；臨睡則念佛安心，恬然入眠。遇有錯誤，警醒自覺，隨時悔改，惟舊習難遷，屢犯屢悔，不勝汗顏，常在佛前，思過懺悔。遭遇困難，重大問題，疑慮不決，至誠切念，阿彌陀佛，浮現智慧，清淨無私，反復詳審，再作決定。

關於佛法修行方面，個人於空慧解脫之義，似有體會，惟於四攝六度，慈悲喜捨，行菩薩道，則未能確切落實，乃生生世世之課題。

六度法要〈2011/01/10 於竹園〉

布施：財法無畏，布施無相。持戒：身口意業，持戒清淨；悔過遷善，喜獲重生。忍辱：無量養心，消融是非；忍辱片刻，風平浪靜〔緣起性空，無常無我，無寵無辱，風平浪靜〕。精進：福慧雙修，禪淨合修；止觀並重，解行並重；精進不懈，持志有恆。禪定：護念觀照，無住生心；明鏡止水，千江皓月；虛空日輪，光明常照；行住坐臥，止觀常定。智慧：種智圓熟，體證大道；萬物同源，皆有佛性；無緣大慈，同體大悲；慈悲喜捨，濟利眾生。

迎旭齋心文〈2013/11/05 初稿於竹園，隨時更新〉

旭日方昇，河濱公園，閒步靜坐，默禱齋心，諸道輔成，超脫時空，指歸正覺。

南無阿彌陀佛　無量光　無量壽　蓮花托生　欣欣向榮
〈信願念佛　往生淨土〉
佛性圓滿　本自具足　心佛一體　觀佛念佛　明心見性
〈禪淨合修　趣向正覺〉
滌除三毒　清淨三業　修三無漏　脫胎換骨　喜獲重生
〈體空寂靜　履解脫道〉
怡養天年　滋長慧命　進趣菩提　福慧兼修　慈悲濟衆
〈自渡渡他　行菩薩道〉
現般若智　發菩提心　行菩薩道　生生世世　迄於永恆
〈行願具足　證果圓滿〉

無相頌〈乃居士在家修行六度法要〉

心平何勞持戒〈持戒〉　行直何用修禪〈禪定〉　恩則孝養父母　義則上下相憐〈布施〉　讓則尊卑和睦　忍則衆惡

無喧（忍辱）　若能鑽木取火　淤泥定生紅蓮（精進）
苦口的是良藥　逆耳必是忠言（忍辱）　改過必生智慧
護短心內非賢（智慧）日用常行饒益　成道非由施錢（布
施）菩提只向心覓　何勞向外求玄（智慧）聽說依此修行
天堂只在眼前

體驗生命。直接經驗，每天自問，此刻往生，何去何從，有無遺憾，是否惶恐？提醒自己，怡養天年，藉假修眞，滋長慧命。決定今年春節期間，預立遺囑，每年生辰與春節，重新確認，作爲往生之預演，以期臨終之際，一心不亂，如入禪定，直趨蓮邦。前年二月，因腹膜炎，手術治癒，養病一週，寫下「生命感恩祈願文」，已如前述。同年六月，陪同內子，返北海道，參與家祭，順道神戶，會晤女兒，回臺不久，病後勞累，盛暑失眠，陷入憂鬱，藉由禮佛，安然康復，體驗無常，感謝佛恩。去年孟冬，再赴內人家鄉，出席婚禮，客舍夜半，腹痛難眠，因感無常，更堅念佛。從此以後，睡前念佛，心想往生，則赴淨土，自然酣睡；一覺醒來，感恩歡喜，繼續精進。

間接經驗，看看別人，想想自己，間接獲得，生命教訓，並用佛法，予以證驗。某家企業，資產億萬，縱橫兩岸，夜路走多，終因食油，令譽難保，令人惋惜〔附甲午怪事之一〕。驗證佛法，因緣果報，絲毫不爽，警醒世人，三毒五欲，如蛇似蠍，可不慎乎？日常見聞，類此事例，俯拾皆是，不勝枚舉，均可類推。他山之石，可以攻錯，隨時警醒，佛法觀照，藉由他人經驗，獲得生命教訓。

甲午怪事之一〈2014/10/23 於竹園〉

頂新歸國載虛譽，油品難容罄竹書。
甲午人間多怪事，鮭魚竟變大鯊魚。

肆、安時處順，了脫生死：

老子主張：「死而不亡則壽」〈第三十三章〉。意謂，身體自然死亡，而心靈永存。莊子云：「且夫得者，時也，失者順也；安時而處順，哀樂不能入也。此古之所謂縣解也」〈大宗師、養生主〉。意謂，得此身以生，是一時偶然，失此身而死，是必然歸趨。要安於「來」之「時」，面對「去」之「順」，能無執著，則哀樂之情，不擾亂內心平靜，生死不再成爲困苦傷痛，有如解開倒懸，自在自得，則人生無煩惱，等同佛門之涅槃，即可「聊乘化以歸盡，樂乎天命復奚疑」〈歸去來辭〉，此乃經由修行，道家之虛靜觀照，佛家之般若智慧，觀無觀空，而不執著，方能達此境界。大體言之，道家認爲，人之形骸，自然生命，短暫有限；精神心靈，或稱「元神」，莊子所謂之「眞君」，永恆無限，可因修行，提升境界；生死乃氣之轉化，如出入境手續，不再執著生死。足見釋道二家，生死觀念，極爲接近，可以相互，融通闡發。

佛法或謂，人無靈魂，此乃定義問題，在此無暇細論。阿賴耶識所藏業種，斷氣時轉成中陰身，隨其業力，再去投胎，轉世輪迴，或了脫生死，成聖成佛，故業力、神識、慧命，延續不絕，迄於永恆。質言之，即人之心靈，永恆無限。因此，神識慧命，可謂爲隨業消長轉化之動態靈魂。超脫輪迴，方能了脫生死，而其關鍵在於業力業質之淨化，換言之，即在於提升心靈素質。讀經修行，可以變化氣質，淨化業力，提升心靈層次，因此，必須落實前述第二項，薰習般若，同道共修（屬於讀經），及第三項，落實佛法，體驗生命（即是修行），因為，二者乃是淨化業質，提升心靈，了脫生死、修證阿羅漢、證得佛果之基礎。

更進一步言之，法界有十，人之往生，欲歸何界，基礎在於今世，蓋此生垮掉，來生何望？故在今生，即須勵行，心中欲往法界之生活方式，亦即具備往生該界之條件。現世而言，移民美國，必須具備，入籍美國之條件，包括財產、學歷、專業技能、品格（犯罪紀錄）等等。同理類推，如欲往生，西方極樂淨土，必須具備，「善根、福德、因緣」三要件，與「信、願、行」三資糧，不能只有，空口念佛，否則，欲生極樂世界，不啻緣木求魚。故今生即須，具備要件，準備資糧，其根本仍在淨化業力，心淨即國土淨，臺灣即為西方淨土，娑婆乃是極樂世界，因此，再須回歸，上一段所述，落實「讀經修行」。

總之，心中有佛，祈禱靈修；薰習般若，讀經共修；落實佛法，體驗生命；安時處順，乘化歸盡，乃是了脫生死之基礎。誓將祈願，刻烙心板，深植八識，生生世世，依願修行，精進不懈，迄於永恆。

行文至此，意猶未盡，爰綴一絕，狗尾續貂。

富貴仙鄉不可求，奠基了脫樂何休。
羅盤船舵先操穩，安渡慈航物外遊。

竹籃水清澈〈2015/03/26 於竹園〉

竹籃身本空，安置小溪中。內外潺湲水，清澄豈異同。

註：色身猶竹籃，形骸得神識（神識、元神、真君，俗稱靈魂），人方為萬物之靈；籃內水喻神識，神識之根源，乃超越時空之精神體，或稱為佛性、靈性，係宇宙萬物存在之共同基礎。溪水喻佛性、靈性，故言人皆有佛性，本自具足，本自清淨。

惜假修真〈2015/03/26 於竹園，古體〉

日文班、修文會，真真同學，違和告假，懸念得句。

色身原是假，慧命本來眞。因假起眞修，惜假養元神。

贈同道共修〈2015/10/02 於竹園〉

百千萬劫幾迴輪，浮木盲龜爪上塵。

同到娑婆來作客，百年剎那夢中身。

註：人身難得，百年如夢，更須惜緣精進，藉假修真，明心見性，超脫輪迴。

定光寺山門聯語〈2015/12/02 於竹園〉

慧日山頭觀自在〈右聯〉
定光寺內現如來〈左聯〉
修禪得定能生慧〈橫幅〉
清淨明心佛性開

菩提樹〈2017/02/01 春節於竹園〉

丁酉春願

戒根深入地，定幹直參天。枝葉扶疏旺，花果慧熟圓。

註一：修行要領：持戒修定開慧，戒行深固，定力正穩，智慧自開。戒定慧乃大小乘修行之共同基礎。申言之，勤修戒定慧，滌除貪嗔癡，清淨身口意，乃修小乘解脫道之核心；再進趨菩提，步入菩薩道，乃通往大乘。

註二：附錄，神秀大師修行偈，「身似菩提樹，心如明鏡臺，時時勤拂拭，勿使惹塵埃。」

法華經藥王品讀後〈2017/11/14 於竹園〉

開示悟入經王論，燒身供養報法恩。
空慧如火破四大，能除執著煩惱源。

註：四大乃指色身，此處四大並非指地水風火四種個別元素，乃指構成藥王菩薩之身體。用內在智慧，觀照煩惱之因果，煩惱可被空慧所破除，正如火之燒色身。象徵性比喻言之，火能燒滅色身；空慧能除煩惱。

磁瓶銘〈2019/12/15 於竹園〉

未經火鍛鍊，黏土塑成瓶。遇水溶化去，日曬龜裂形。
焠煉成瓷器，水火不變型。修行亦如此，成佛長劫經。

肆、金沙玉屑集

七十述志〈2010/12/10 於竹園，修正 2011/02/17 於無量養心齋〉

附記：辛卯元宵閱無量壽經有感，爰命書房為無量養心齋

余名瑞龍，字爲乾甫，儒號順天學翁，道號樸虛散人，釋號祥雲居士。年屆古稀，樂道忘老，玆述素志，持守信行。順天學翁：元亨利貞，六龍順天。行健不息，厚德載物。浸淫經籍，深造自得。克己復禮，誠正中和。師法孔孟，止於至善，成就聖道。樸虛散人：返樸歸眞，自然純素。虛靜淡慢，與世無爭。謙退保泰，和光同塵。養氣致柔，以水爲師。師法老莊，清靜自然，成就眞道。祥雲居士：祥雲自在，雨施潤物。念佛攝心，隨緣不攀。深入經藏，智慧如海。六度萬行，慈悲濟衆。師法佛陀，覺行圓滿，成就佛道。篤行素志，修貫三道。怡養天年，滋長慧命。生生世世，迄於成道。

六龍順天〈2011/01/25 於竹園〉

潛龍勿用，見龍在田，惕龍乾乾，慮龍躍淵，飛龍在天，亢龍有悔。群龍無首，各依時位，順受其正，始卒若環，循環無端，天道是歸。

上善若水〈2011/01/20 於竹園〉

避高處下，行己無爭，居善地也。空虛靜默，深不可測，心善淵也。滋養萬物，兼愛無私，與善仁也。照映形影，可徵不爽，言善信也。洗滌群穢，清淨自正，正善治也。盈科而進，能圓能方，事善能也。冬凝春融，涸溢有節，動善時也。水唯無爭，兼善無尤，故幾於道。《老子第八章》。

六度法要〈2011/01/10 於竹園〉

布施：財法無畏，布施無相。持戒：身口意業，持戒清淨；悔過遷善，切念更生。忍辱：無量養心，消融是非；忍辱片刻，風平浪靜（緣起性空，無常無我，無寵無辱，風平浪靜）。精進：福慧雙修，禪淨合修；教觀並重，解行並重；精進不懈，持志有恆。禪定：護念觀照，無住生心；明鏡止水，千江皓月；虛空日輪，光明常照；行住坐臥，止觀常定。智慧：種智圓熟，體證大道；萬物同源，皆有佛性；無緣大慈，同體大悲；慈悲喜捨，濟利衆生。

養心虛靜〈2015/10/10 於竹園〉

無量養心　致虛守靜

俯仰之際　鑑知古今

斗室之內　觀察天地

方寸之間　了悟死生

敬愛的文強兄賢伉儷：闔家恭喜　平安快樂！〈2015歲末於竹園〉

經常拜讀吾兄至性至情之文，深受感動，惟以疏性懶散，未如其他同學，共鳴回應，自覺慚愧！今捧　候文，更增不安，尚乞寬恕！閒來無事，常以研讀，三教經典，聽經共修，作爲日課，減少俗務，清閒簡樸，自得其趣，家人妻小，和樂平安，餘者，乏善可陳。倘有可能，再度參加，年度同學會，台北諸友，必喜出望外。

耑此再次順頌

闔家　年禧　平安

瑞龍　鞠躬

華興埤腹綠地興建合宜住宅案意見書〈2016/01/08於竹園〉

埤腹小市民心聲

國土利用原則明，城鄉發展求均衡。
交通建設為先導，產業推動善經營。
企業落地生根後，就業機會自然增。
住宅政策為配套，人口移動潮水行。
臺北都會一極化，過度集中成畸形。
密集住宅建埤腹，國土利用相逕庭。
但知鋸箭不拔箭，異日恐怕禍患生。
小民曲衷敢申訴，懇請長官耐心聽。
北市綠地低比率，常受指摘眾人悉。
公共住宅應適增，加劇密集卻莫必。
社會住宅建郊外，分散人口房價抑。
城鄉差距可紓解，一舉數得市民悅。

埤腹地狹人口稠，社區空間最欠缺。
僅存綠地宜善用，草草了事心惴慄。
倉促應付內政部，騈枝住宅痛首疾。
閉門造車豈所宜，請睜眼睛看事實。
埤腹路窄九曲腸，交通紊亂惡名彰。
巷道危險甚虎口，居民出門神倉皇。
平時尖峰和興路，已成瓶頸非尋常。
週末國家考試日，周邊阻塞地獄場。
再建超高密度宅，不敢想像色沮喪。
合宜住宅豈合宜，僅舉一端心悲涼。
市府年來新氣象，委員諸公有專長。
本案計畫適宜否，勘察評估再研商。

謹呈

臺北市都市計畫委員會

試院里埤腹一群小市民　敬陳

略談中日文化互影響〈2016/01/12於竹園〉

敬覆偉鈞兄日本文化學中華是阿Q之垂詢

文化文明通俗論，中日兩國互承傳。
中華早期發祥地，朝鮮猶如中繼般。
扶桑可稱終點站，吸收內化時創新。
明治維新西化起，漸轉中繼兼泉源。
法政財經新詞彙，襲用日本翻譯文。
日清日俄戰爭後，國勢日強眾口喧。
清末維新及革命，東瀛影響非無關。
大和文化有特色，人本主義重精神。
大化革新學隋唐，政教文化照版翻。
明治西化傚歐美，科技制度習全盤。
表象粗看似如此，深入探討不盡然。

取精用宏本土化，研究改進勤奮先。
硬體軟體均兼顧，今日成就非無因。
尤重精神推至道，凡事身心並求全。
技藝層次不忽視，提升心靈方爲尊。
他山之石可攻錯，靜靜省思慨萬千。

附：一、臺日兩社聯吟雅集有感〈2014/11/16於竹園〉

日本吟院岳精會，應台北天籟吟社之邀，於十一月五日假三千貿易教育中心，舉行詩詞吟唱交流雅集，余參與籌備，承乏司儀口譯之務，感於茲會之盛，因綴所懷，以資追憶啟迪。

吟唱源華夏，扶桑別創新。提升眞善美，淨化藝心身。
天籟工音協，岳精崇道遵。朗聲千百鍊，極致法陶鈞。

註一：日本有茶道、華〔花〕道、書道、香道、劍道、柔道、武士道……；除重視技藝外，兼顧身心靈之修行、淨化及提升，乃其文化之精髓。吟唱亦然，列為日本傳統藝術之一，稱之為「吟道」。

註二：吟唱、吟詩、作詩乃一體；吟社即詩社，吟道即詩道；詩文載道，學者所宗。吟唱、作詩極致乃道法自然，歸依造化、造物、造物者。

二、FW：徐宗懋：如果蔡英文上台，北京將主動對臺灣提出統一的議程，也就是明確指定統一的條件和時限。

偉鈞兄之評論：中華盛產奴才貪官拍馬屁者
生產總值世界第一人民都不會有幸福
其實最黑暗的明代大清康雍乾時代生產總值早已世界第一
大陸土地面積比日本大27倍人口資源多十倍
試從各方面比較比較
今天日人在世界各地所受的尊敬如何
不過我們可做阿Q他們的文化還不是學我們的
他們的中學讀中國的古文尊崇儒家朝鮮亦如是
我有誤說請瑞龍指正

減字花木蘭〈2016/06/26 於竹園，詞選習作〉

日出

東方魚肚，彈指霞光馳宇土。鳥叫蟲鳴，草木惺忪天恣晴。從朝至暮，汲汲營營煩俗務。業識循環，勘破輪迴非等閒。

點絳唇〈2016/07/05 於竹園，詞選習作〉

秋懷　鄭教婉賢伉儷

壬午金風，故人邂逅天涯喜。悠悠數紀，似夢驚無比。駐地匆匆，一別多年矣。思如矢，神馳萬里，何日歸鄉梓。

附：懷竹師鄭教婉同學賢伉儷〈2006/6/16於竹園〉

壬午之秋予由韓國漢城轉駐亞特蘭大，因緣俱足，竹師畢業四十二年後，首度與丁班鄭教婉等女同學晤面。憶昔在校男女來往屬於令禁，三載同窗竟未交談一語。是日敞開話匣，暢談往事，感慨係之。五月間教婉夫婦返台，曾得小聚，感念舊誼，爰作此詩，聊抒所懷。

驪歌唱後卅餘秋，似夢相逢北美洲。
囊映三年猶陌路，晤談一夕變朋儔。
名醫爲婿仁心洽，巧婦持家德行優。
駐地慇懃情誼切，神馳萬里憶同遊。

臨江仙〈2016/07/07於竹園，詞選習作〉

蓬島迎春

萬物昭蘇來紫氣，蓬瀛瑞兆迎年。枝頭鵲鬧綺窗前，庭園桃李艷，堤岸蝶蜂翩。　千里江山方碧綠，無邊花木鮮妍。丙申國運應春遷，卿雲歌衆頌，樂歲慶堯天。

註一：千里一聯，字面之外，尚意涵民進黨〔綠營〕方全面取得政權，民蒙惠澤，亦將如草木受雨露滋潤。故結以「運隨春遷，樂歲堯天」。

註二：〈尚書大傳〉卿雲歌：「卿雲爛兮，糺縵縵兮。日月光華，旦復旦兮」。乃稱頌清明政治之意。

青玉案〈2016/07/15於竹園，詞選習作〉

夏日訪陽明山

薰風相契登青嶺，策輕杖，尋幽景。四顧山光多勝境。駐觀溪瀑，洗心鐘磬。萬籟人間靜。　闌珊花事隨春冷。樂奏蟬鳴正濃興。鷗侶談詩松下詠。不知時刻，晚霞紅映。歸伴嫦娥影。

訴衷情〈2016/07/16 於竹園，詞選習作〉

歲暮書懷

歲云暮矣鬢霜皤，羹沸感懷多。一中各表如網，鋪蓋捕禽羅。

悲莫奈，嘆如何！志伏波。淒淒風雨，不已雞鳴，誰枕金戈！

註一：內政外交，藍綠對衡，國是紛歧，民意分裂，時局動盪，輿情沸騰。「如蜩如螗，如沸如羹」《詩大雅，蕩》

註二：馬習會強調：「九二共識、一中各表」，為兩岸關係之主軸。總統大選辯論，國民黨對此亦步亦趨；民進黨則謂，基於策略考量，「一中各表」或可作為兩岸關係選項之一。

註三：馬援，伏波將軍嘗謂，大丈夫為志窮當益堅，老當益壯。

註四：「風雨如晦，雞鳴不已」《詩鄭風，風雨》；祖逖聞雞起舞，劉琨枕戈待旦。

西江月〈2016/07/17 於竹園，詞選習作〉

人生隨緣

任水飄萍偶聚，隨風轉絮分離。當年點滴半依稀，回首那堪重記。往事猶如曉夢，此生已似餘暉。無常聚散不須悲，蒼狗白雲緣起。

鷓鴣天〈2016/07/26 於竹園，詞選習作〉

竹園閒居

面水依山境勝清，枝頭鳥噪報黎明。旦登仙跡心神曠，暮步景溪筇履輕。　雲自在，月偕行。悠遊丘壑菊松盟。逍遙鷗鷺時相伴，縹緲煙嵐每寄情。

註：寄寓，背倚仙跡巖，面朝景美溪。

南鄉子〈2016/07/29 於竹園，詞選習作〉

登仙跡巖

足印大如舟，傳說仙人昔到遊。且問白雲曾見否？悠悠。眞相如何不必求。　遠眺矗高樓，攘攘熙熙粱稻謀。煙鳥橫空歸欲盡。啁啁。滾滾紅塵幾日休？

卜算子〈2016/09/25 於竹園〉

中秋步月景美溪

瀲灩一輪明，信步秋波淨。銀漢迢迢牛斗橫，玉露珠光映。　桂殿廣寒宮，仙女心冰鏡。人類登臨動俗情，難脫塵凡性。

一剪梅〈2017/12/02 於竹園〉

秋情

宋玉悲秋草木搖。柳葉紛飄，祇剩枝條。金風瑟瑟黯魂銷。故舊朱顏，未老先凋。　百載匆匆歲月飆。明鏡難欺，羞映弓腰。霞光燦爛景難描。無限斜陽，何妨逍遙。

詩詞創作要點

一、鍊意：空靈自在，深沉獨到。
二、練氣：四體貫串，百穴順暢。
三、鍊辭：沉鬱頓挫，託喻比興。
四、布局：如常山蛇，首尾連貫。

悼念楊伯怡同學〈2016/12/30於竹園，輓詩〉

宜蘭猶憶笑顏迷，正盼來年再聚齊。
遠訊不期驚歲晚，一株凋落月沉西。

悼念楊伯怡同學〈2017/01/01於竹園，輓聯〉

懿範長存　魂往兮安息
塵緣已盡　心傷矣節哀

維垣吾兄靈鑑：

數十寒暑，人生無常。有生必滅，無有不亡。
塵緣已盡，親友莫傷。四大散去，神識永長。
將歸道山，已無徬徨。放下萬緣，邁向西方。

弟　瑞龍　合十 2018.09.07.

註：兼作個人辭世初稿。

維垣吾兄靈鑑：〈楚辭體〉

數十寒暑兮，人生無常。有生必滅兮，無有不亡。
塵緣已盡兮，親友莫傷。四大散去兮，神識永長。
將歸道山兮，已無徬徨。放下萬緣兮，邁向西方。

弟　瑞龍　合十 2018.09.07

註：兼作個人辭世草稿。

祥雲〈乾甫、演文〉遺囑〈初稿 2015/02/05 於竹園〉

一、立遺囑人：林瑞龍，一九四一年生於臺灣省彰化市大竹區香山里，假如有一天醫師確切診斷，我的病情已經不能治癒，若係入院，可能的話，請及早安排出院回家，勿再作無意義之延命治療，尤其是侵入性治療，請讓我在家自然、平安、寧靜、尊嚴往生。

二、臨終時，請洽法鼓山文山辦事處〔22364380〕〔或張麗姬師姐0913-283-378〕，或慈濟功德會好友廖師兄茂松賢伉儷〔29319891〕，敦請念佛會成員，助念八小時。身後不發訃文，遺體安葬，依法鼓山儀式處理，焚化後，骨灰入厝，北海福座。我的身後事，不可辦成喪事，乃是一場莊嚴佛事，力求簡單，平和、安祥，我已返歸本家。佛事期間，家人盡力，志心誠懇，念佛誦經，設齋供養，僧俗眾生。盡可能請一位法師，主持封棺、告別、荼毘等儀式。靈堂只掛內人書寫之輓額「神識永恆」，以作鼓勵，唯念「南無阿彌陀佛」，同結蓮邦淨緣。

三、英子得妳爲配偶，怡立、慧立有妳兩位女兒，是我一生之幸福。妳們三位，使我的生命有目標，帶給我奮鬥動力，讓我領受愛與被愛，享受家庭溫暖天倫之樂，此刻我心中，滿懷感恩。怡立、慧立妳兩人，秉性良善，學有專長，均能獨立自主，我不擔心，惟盼有朝一日，佛緣成熟，皈依三寶；妳們平時即知孝順，妳母親乃女中豪傑，出身佛門世家，早已得度，我亦不擔心。我已學佛，體悟生命實相，了脫生死，四大散去，神識永恆，請妳們放心，不必哀傷哭泣，我將安穩平靜，往生蓮邦。

林瑞龍　謹囑

中華民國一〇四〔二〇一五〕年春節

附錄

一、印光法師臨終三要：

第一、善巧開導安慰，令生正信；

第二、大家換班念佛，以助淨念；

第三、切忌搬動哭泣，以防誤事。

二、聖嚴法師之叮嚀：「唯有生者安，死者才會安」。生者力求，安心平靜，好讓死者，平安、寧靜、祥和、溫馨，離開人間，往生蓮邦。

三、果慨法師之開示：有人助念時，家人宜隨助念團，念佛誦經。守喪期間，早晚隨意，默念「阿彌陀佛」，默誦「般若心經」。

附詩二首：

浮木盲龜爪上塵，千年闇室曙光珍。
人身佛法逢今世，幸脫茫茫業海淪。

起草遺囑有感〈2015/02/05 於竹園〉

無端何事皺眉頭，幾度懷傷涕泗流。
遺囑草成陰鬱掃，天藍雨霽白雲悠。

漫談退休生活〈2009/07/25 台大首度養生會講稿大綱〉

一、人生哲學之調整—自然化
二、人際關係之調整—單純化
三、工作性質之調整—中性化
四、生活方式之調整—簡樸化

一、人生哲學之調整—自然化〈入世↓出世；積極↓消極；中和〉生活步調、身心狀態儘可能與大自然節奏、秩序相符合↓中和

〈一〉道家：人法地↓天↓道↓自然；清靜無爲↓無爲而無所不爲↓主柔

〈二〉佛教：清涼劑中和入世熱↓三法印〈諸行無常〉〈心經、八大人覺經〉↓三理四相↓不執著五欲名利權勢↓因緣果報↓桃花扇孔尙任

〈三〉儒家：天行健君子自強不息↓地勢坤君子厚德載物↓中庸、中和〈三不朽；致君堯舜上再使風俗淳↓退位〉↓個人修養

二、人際關係之調整—單純化

珍惜單純親情友誼，重視家人親友聚會〈如同學會〉

→避開利害關係之應酬→不當社團之幹部→書法、吟唱、詩會、讀書會，均有同好之友〈以文會友，以友輔仁〉

三、工作性質之調整—中性化

〈一〉從事有益身心之工作〈讀書、寫作、教學、義工〉；不再從事營利性事務

〈二〉做以前想作之事→補救前失→還人恩情

〈三〉準備另一期生命之資糧→萬般將不走，惟有業隨身

四、生活方式之調整—簡樸化

〈一〉早睡早起，與太陽同時起床〈10-5〉，戶外活動與太陽同進退，儘可能入夜不應酬→早起誦經觀照身心；散步運動活絡筋骨→虛靜淡慢，與世無爭

〈二〉讀萬卷書，行萬里路。自我充實，重視精神生活→多讀三教經典→學作古典詩→多作旅遊

學詩歷程漫談〈2007吉日長安詩社座談會講稿大綱〉

一、詩之本質：〈說文〉曰：「詩，志也」。〈詩・大序〉曰：「詩者，志之所之也，在心爲志，發言爲詩。」

二、學詩初衷：充實退休生活，滋潤人生，美化人生。

＊眞假詩人＊蛻變

三、學詩經驗

（一）充實內涵

⑴讀萬卷書、間接知識（人生廣度）＃詩篇小技

⑵行萬里路、直接經驗（人生深度）

⑶知識×經驗，融會貫通，產生智慧，提升（人生層次）→（文學視野）。

（二）學習創作

⑴閒詠詩多作：以自然純眞感情寫之。從與自己人生
〔生活〕有關事物出發
○竹園郊居○退休感賦○百年紅教堂○針灸
⑵課題詩少作：以閒詠、練習心態寫之。*望海
⑶擊鉢詩盡可能不作：以閒詠、遊戲心態寫之。
○擊鉢詩×心花
四、詩即人生：〔一〕隨時寫生活之感觸〔二〕人生過節
之回詠

＊眞假詩人

詩人眞或假，火候可徵詮。莫爲成名速，而求鍍色妍。
精金須百鍊，寶鑽待千研。琢玉心瑩透，深耕活水田。

*蛻變

千錘百鍊出吳鉤，面壁達摩經九秋。
鯉躍龍門須蓄勢，潛心詩學樂藏修。

*望海

秋日臨滄海，馳思世事遷。之罘秦古蹟，碣石魏遺篇。
狂浪猶奔馬，梟雄化碎煙。波濤空幻變，幾度易桑田。

○竹園郊居

竹園幽靜傍文山，青綠郊居俗慮刪。
背倚仙蹤巖似抱，面朝景美水如環。
世新廣電聞遐邇，政大黌宮遠闤闠。
情寄煙霞歌詠志，逍遙雲鶴歲悠閒。

○退休感賦

宿願爲學者，浮宦心難安。兩度留學去，無門躋杏壇。
投鞭從仕途，一誤三十載。風波實飽經，中夜幾追悔。
倦鳥終知返，翩然歸去來。學圃雖已蕪，青苗猶可栽。
林泉滌靈明，經籍開智慧。臨帖磨鈍心，賦詩以自勵。
俯仰天地闊，情寄煙霞間。朝朝友鷗鷺，雲水俱悠閒。

○百年紅教堂

教堂矗立市中央，法國當年意氣揚。
重鎮奠邊崩潰後，紅磚依舊映斜陽。

○針灸

奇經八脈任縱橫，歷歷如圖指掌明。
信手拈來猶落子，春風談笑可回生。

其二

實習醫生偶代行，聞風念佛護心旌。
但憂穴位毫釐失，暗皺眉頭敢出聲。

○擊鉢詩

擊鉢詩猶小腳纏，年深積習固難遷。
縱思鬆放金蓮足，恐已無由復自然，

×心花

人心本似一花株，風雨陰晴瞬息殊。
日日安恬和氣養，徐舒吐放自欣愉。

#詩篇小技

詩篇雖小技，其源本經史。要能萬卷儲，始足供驅使。

文化生活叢書・詩文叢集 1301062

竹園詩文集

作　　者　林瑞龍
顧　　問　楊維仁
校　　對　林瑞龍

發 行 人　林慶彰
總 經 理　梁錦興
總 編 輯　張晏瑞
編 輯 所　萬卷樓圖書（股）公司
印　　刷　財政部印刷廠

發　　行　萬卷樓圖書 (股) 公司
臺北市羅斯福路二段 41 號 6 樓之 3
電話 (02)23216565
傳真 (02)23218698
電郵 SERVICE@WANJUAN.COM.TW
香港經銷
香港聯合書刊物流有限公司
電話 (852)21502100
傳真 (852)23560735

ISBN 978-986-478-549-0
2022 年 1 月初版一刷
定價：新臺幣 240 元

國家圖書館出版品預行編目資料

竹園詩文集 / 林瑞龍　著 - 初版 . --
臺北市：萬卷樓圖書股份有限公司，
2022.01
　面；　公分 . -- (文化生活叢書；
1301062)
ISBN 978-986-478-549-0(平裝)

863.51　　　110019361